rororo

Sie bauen Krötentunnel und kochen für den Frieden. Sie leiden persönlich am Klimawandel und kämpfen gegen Rassismus, indem sie Schokoküsse essen. Gutmenschen nerven immer und überall. Während wir versuchen, uns zu entspannen, quälen sie uns mit Unterschriftenlisten, Öko-Siegeln und Gesprächen über Elektrosmog. Jetzt ist Schluss mit Nachsicht und (geheucheltem) Verständnis! Dietmar Bittrich beschreibt mit schwarzem Humor die Blüten, die das Gutmenschentum treibt, und gibt boshafte Tipps, wie man die Aktionen guter Menschen untergräbt.

Dietmar Bittrich lebt als Autor in Hamburg. Er gewann den Hamburger Satirikerpreis und den Preis des Hamburger Senats. Im Rowohlt Taschenbuch Verlag veröffentlichte er bereits «Das Gummibärchen-Orakel der Liebe» und «Das Weihnachtshasser-Buch». Mehr erfahren Sie unter www.dietmar-bittrich.de.

Dietmar Bittrich

Achtung, Gutmenschen!

Warum sie uns nerven.
Womit sie uns quälen.
Wie wir sie loswerden.

Rowohlt Taschenbuch Verlag

Originalausgabe
Veröffentlicht im Rowohlt Taschenbuch Verlag,
Reinbek bei Hamburg, August 2007

Umschlaggestaltung: Werbeagentur ZERO, München
(Illustration: Susanne Kracht)
Satz Minion PostScript (PageOne)
Gesamtherstellung Clausen & Bosse, Leck
Printed in Germany
ISBN 978 3 499 62264 9

Mein Dank gilt der «Achse des Guten»

Inhalt

Auf ins Vergnügen!

> ***«Wir müssten uns unserer guten Taten schämen, wenn die Beweggründe ans Licht kämen.»***
>
> FRANÇOIS DE LA ROCHEFOUCAULD

«Er war so ein guter Mensch!», beteuerte meine Großmutter, als ihr Ehemann begraben wurde. Die übrigen Verwandten lächelten, denn sie wussten es besser. Doch sie schwiegen. Er konnte nichts Böses mehr tun. Friede war mit ihm.

Lange Zeit ging das so: Mit dem Tod wurde man zu einem guten Menschen befördert. Jeder Besucher eines Friedhofes konnte sich angesichts der Grabinschriften davon überzeugen, dass der bessere Teil der Menschheit unter der Erde lag. «Willst du gescholten werden, heirate», lautete der klassische Rat. «Willst du gelobt werden, stirb.»

Das ist nicht mehr nötig. Niemand muss mehr sterben, um Lob zu ernten und ein rundum guter Mensch zu werden. Gut kann jeder bereits zu Lebzeiten werden. Und das, ohne sich anzustrengen! Es reicht schon, wenn einer «Schokokuss» sagt statt «Negerkuss». Damit beweist er seine Abscheu vor jeglicher Diskriminierung. Das ist schon mal eine Großtat. Wenn er dann noch eindringlich vor der Klimaerwärmung warnt, ab und zu die Armut in der Welt anprangert und immer mal wieder die Frage nach den Verantwortlichen stellt, kann nichts mehr schiefgehen.

Falls jemand noch etwas mehr tun will, aber das grenzt nun schon an Aktionismus, hält er im Fußballstadion gelegentlich eine Rote Karte hoch (gegen Rassismus), steckt in der Fußgängerzone einen

Euro in die Greenpeace-Büchse, hinterlässt eine unleserliche Unterschrift auf dem Solidaritätsaufruf und schaltet am Abend für fünf Minuten das Licht aus, womit ein eindrucksvolles Zeichen gesetzt ist gegen Krieg und Energieverschwendung.

Nun ist dieser Mensch eigentlich schon guter als gut. Er ist ganz offensichtlich für den Frieden, für die Völkerverständigung, für Umwelt, Natur, Kinder, Tiere, Opfer, soziale Gerechtigkeit, für friedliche Konfliktbewältigung und im Zweifelsfall für die berechtigten Anliegen aller Menschen.

Nie in der Geschichte war es so einfach, auf der richtigen Seite zu stehen und sich unschuldig und gut zu fühlen – und das Böse draußen zu wittern, jenseits des Fernsehers, in den verborgenen Schaltzentralen der Macht, in der Globalisierung, in Amerika, in den multinationalen Konzernen. Es war noch nie so einfach, sich gut zu fühlen – obwohl es gerade wieder ein bisschen schwieriger wird. Denn die Ära Bush ist vorüber. Jammerschade!

Bereits vor zwanzig Jahren wurde anständigen Menschen das Leben auf einmal schwergemacht, als in Südafrika die Apartheid abgeschafft wurde. Das war ein bitterer Verlust. Plötzlich mussten sie sich nach jemand Neuem umsehen, den sie anklagen und zu Freiheit und Gerechtigkeit auffordern konnten.

Da kam Kohl. Was für herrliche Zeiten! Alle waren sich einig, dass sie besser waren als Kohl, klüger, schlanker, witziger. Ein Vergleich mit ihm wirkte jederzeit stärkend und aufbauend, zumindest in Deutschland. Und dann kam die Krönung, dann kam Bush! Solange Bush jr. amerikanischer Präsident war, genügte in geselliger Runde ein Hinweis auf ihn, und alle konnten sich einig sein in ihrer heiteren und empörten Überlegenheit. An Intelligenz und außenpolitischer Sensibilität haben ihn alle guten Menschen mühelos überflügelt.

Als der Irakkrieg begann, schrieb der Autor Paolo Coelho im Hochgefühl seiner moralischen Überlegenheit einen ironischen

Dankesbrief: «Danke, Mr. Bush, dass Sie uns missachten. Danke, dass Sie uns erfahren lassen, wie man sich fühlt, wenn man machtlos ist. Danke, dass Sie uns nicht zugehört und uns nicht ernst genommen haben.» Und so weiter, zwei Seiten lang. Wofür Coelho in Wahrheit dankbar war, erwähnte er mit keinem Wort. Wahrheitsgemäß hätte er schreiben müssen: «Danke, dass Sie es mir ermöglichen, mich als gut und friedliebend zu empfinden!» Denn genau diesen Triumph hatte Bush ihm und allen anderen verschafft. Bush machte alle Erdenbewohner zu Menschen, die sich klug und gut und feinsinnig dünkten. Ein historisches Verdienst.

Aber jetzt? Was können Gutmenschen nach ihm tun? In Deutschland haben sie immer noch Hitler, an dem sie sich messen können. Dabei schneiden sie im Allgemeinen prächtig ab. Hitler hielt sich ebenfalls für einen guten Menschen, mit ein paar Ecken und Kanten; aber da muss er einen schiefen Blick gehabt haben, während die wirklich guten Menschen alles ziemlich klar sehen. Es bleibt dabei: Im Notfall, wenn alles andere zu kompliziert erscheint, können sie Zuflucht nehmen zu einem Hinweis auf die Nazi-Vergangenheit, am besten unter dem Motto «Nie wieder», oder zu einem Vergleich unter der Parole «Wehret den Anfängen». Prompt fühlen sie sich wieder obenauf.

Glücklicherweise gibt es noch weitere erlösende Themen und Rezepte, die zum moralischen Wohlfühlen geeignet sind. Ich habe sie in diesem Buch versammelt. Es sind die bewährten Rezepte der Moralapostel, der privaten und der öffentlichen. Diese Rezepte werden überall erfolgreich nachgekocht: von den Predigern in den Feuilletons, von den Gästen der Talkshows und in den Kultursendungen, von all jenen, die immer nur das Beste wollen, die sich bedeutend und besonders fühlen möchten, kurz, die es geschafft haben, ihren Egotrip als Wohltat für die Menschheit auszugeben.

Das sind gar nicht so sehr die üblichen verdächtigen Politiker und Pfarrer als vielmehr deren Kritiker. All die ungefragten Kommentatoren, die sich für aufgeklärt und kritisch halten. Sie sind die Prediger und Mitläufer der Religion des Gutmenschentums. Religion ist das, woran man glaubt und wozu man sich bekennt. Und das sind zurzeit schlichteste Floskeln wohlmeinender Gesinnung. Gutmenschen formulieren daraus ihre eigenen Ablassbriefe.

«Ich habe die Live-8-CD gekauft», «Ich bin gegen den Hass», «Ich habe die Aids-Gala gesehen», «Ich habe den Aufruf für Klimaschutz unterschrieben», «Ich bin für den Frieden», «Ich habe das T-Shirt ‹Deine Stimme gegen die Armut› bestellt, weil man was tun muss», «Ich bin gegen Nazis» – dergleichen todesmutige Bekenntnisse reichen Gutmenschen, um sich für eine Weile aller Sünden ledig zu fühlen. Umso behaglicher können sie dann privat hassen, raffen, übervorteilen und Diktator sein.

Ist das verwerflich? Nein, das ist normal. Heuchelei ist eine Primärtugend. Sie dient dem Überleben. Das Ich will bestimmen, das Ich will Diktator sein, das Ich will Gott sein, darf es aber nicht zugeben. Diese Erkenntnis Freuds bleibt gültig. Und sie wird am allerwenigsten widerlegt von Leuten, die behaupten, sie wollten Gutes. Dass es im Augenblick so viele tun, immer unter der Flagge des Engagements, ist kein Zeichen von Zivilcourage, sondern vom präzisen Gegenteil – von der Furcht, bei Fehlern ertappt und dann gerügt, angegriffen und ausgegrenzt zu werden.

Wer ertappt und rügt einen eigentlich? Vorwiegend Leute, die sich als Opfer verstehen. Leute, die sich als beleidigte Minderheit begreifen. Und – mit noch größerer Verve – alle, die in deren Namen sprechen möchten.

Hanns Joachim Friedrichs, einst Leiter der «Tagesthemen», hat behauptet, ein Journalist dürfe sich mit keiner Sache gemeinmachen, auch nicht mit einer guten. Wer weiß, ob er eine derartige Unabhängigkeit heute noch fordern würde. Der Wunsch, dazuzugehören und möglichst nichts falsch zu machen, ist dominant geworden. Niemand möchte dabei ertappt werden, dass er öffentlich «Neger» sagt statt «Farbiger» oder gar «Zigeuner» statt «Roma» und, jetzt wird es schon verbrecherisch, «Rasse» statt «Ethnie». Wer so etwas tut, muss zur Buße entweder sofort eine Anti-Kriegs-Gala ausrufen oder beim Dalai Lama Zuflucht suchen.

Die Prominenten schwadronieren vorweg. Auf wohltätigen Geselligkeiten oder auch auf ihren Websites sondern sie Aufrufe ab zu ökologischem Bewusstsein, sozialem Engagement und interkultureller Dialogbereitschaft. So dröhnend hohl die Phrasen sind, keiner kann dagegen sein. Das ist das Schöne. So entfällt auch jede Notwendigkeit einer staatlichen Zensur. Wo jeder als gut gelten möchte, zensiert auch jeder freiwillig seine Kollegen und sich selbst.

«There's nothing either good or bad but thinking makes it so», äußerte Shakespeare: Gut und Böse seien eine Sache des Denkens, nicht der Realität. Und da, wer an das Gute denkt, gleichzeitig auch immer an das Böse denken muss, wird das Böse nie verschwinden. Das chinesische Yin-Yang-Symbol sagt aus, dass Schwarz und Weiß immer im gleichen Maße vorhanden sind. Wer Weiß vermehrt, vermehrt im gleichen Maße Schwarz, ungewollt und automatisch. Wer emsig für das sogenannte Gute kämpft, schafft ebenso emsig das sogenannte Böse.

Das ist erleichternd. Wir brauchen uns keine Sorgen zu machen. Wir können ruhig so tun, als wären wir gut; das Böse bleibt uns treu. Wie sang Falco? «Das Böse ist immer und überall.» Das ist beruhigend. Das ist entspannend. Das macht optimistisch. Denn solange es etwas gibt, das wir böse nennen können, dürfen wir uns supergut fühlen.

Ja, auch ich, der Autor, möchte ab und zu mal als guter Mensch gelten. Sie etwa nicht? Na, kommen Sie. Wie? Dann lassen Sie uns unseren Spaß haben! Denn man kann mit diesem Buch auf zweierlei Weise glücklich werden. Erstens, indem man Gutmenschen ärgert. Indem man ihre Phrasen entlarvt, ihre Argumente aushebelt, indem man sie zwiebelt, grillt und ins Verlies ihrer eigenen Hohlheit versenkt. Und zweitens, indem man ihre schlichten Rezepte befolgt und selbst ein Gutmensch wird! Kann ja mal nötig sein. Beides lässt sich mit diesem Buch heiter und mühelos verbinden.

Auf in den Vergnügungspark der guten Menschen!

Erste Orientierung

Das tun die Guten

lassen sich ein
setzen Zeichen
bewegen etwas
üben Solidarität
erfinden sich neu
denken nachhaltig
fördern Behinderte
leisten Trauerarbeit
rocken gegen Rechts
gehen aufeinander zu
integrieren Ausländer
tragen zum Frieden bei
bauen alte Feindbilder ab
planen zukunftsorientiert
regen zum Nachdenken an
stoßen einige vor den Kopf
suchen eine gemeinsame Linie
arbeiten die Vergangenheit auf
führen den Dialog der Kulturen
treffen sich auf gleicher Augenhöhe
unterschreiben Unterschriftenlisten

Das tun die Bösen

sehen weg
grenzen aus
lassen nicht los
tun sich schwer
denken nicht um
treten suboptimal auf
sind unfähig zu trauern
spalten statt versöhnen
leben ein falsches Leben
bauen den Sozialstaat ab
sprechen Denkverbote aus
landen in der Ausweglosigkeit
benutzen Totschlagargumente
säen Zwietracht in die Herzen
fördern die Spirale der Gewalt
machen ihre Hausaufgaben nicht
hegen unterschwellige Vorurteile
treiben die Entpolitisierung voran
kommen nie in der Wirklichkeit an
sind zynisch und menschenverachtend
vergrößern die Kluft zwischen Arm und Reich
kehren in die Verhältnisse früherer Jahrhunderte zurück

So nerven Umwelt-Gutmenschen

Gute Menschen sind für die Natur. Nicht so sehr für die Natur in Form von Wanzen, Streptokokken oder Vulkanausbrüchen. Nein, mehr für die nette Natur mit singenden Vögeln, rauschenden Bäumen und blühenden Blumen. Für eine hübsche Umwelt. Gute Menschen sind außerdem für Nachhaltigkeit und für das Vorsichtsprinzip, was hauptsächlich bedeuten soll, dass sie genauso weitermachen möchten wie bisher.

Wenn sie sich für die Umwelt engagieren, dann natürlich nicht für die unmittelbare Umwelt, also bestimmt nicht für die Nachbarn und andere hässliche Erscheinungen. Sondern für die Umwelt im höheren Sinne. Für den Wald, den man links und rechts der Autobahn sieht. Er soll nicht sterben, jedenfalls nicht zu ihren Lebzeiten. Für die Luft, die nicht so viele Schwebstoffe enthalten soll, so lange sie atmen. Für das Klima, das etwas trockener und wärmer werden darf, aber ohne insgesamt die Balance zu gefährden. Der Golfstrom soll weiterhin nach Europa fließen, und allen Fischen soll es gutgehen, damit sie unbelastet auf den Teller kommen.

Gute Menschen sind für sauberen Strom, also für Ökostrom, der unter Garantie nicht in einem Atomkraftwerk erzeugt wurde, sondern auf einer grünen Wiese. Zum Beispiel von einem Windrad, das die Leute vor Ort nerven mag und gelegentlich ein paar Störche schreddert – aber davon ist eigentlich nichts mehr zu sehen, wenn der Strom aus der Leitung kommt. Höchstens, dass mal die Birne flackert. Kann auch sein, dass der Ökostromlieferant seinen Strom von einem anderen Anbieter bekommt, der den Strom aus einem Land bezieht, von dem niemand so richtig weiß, woher es eigentlich so viel Ökostrom hat. Aber der Endverbraucher, der gute Mensch, hat sein Bestes getan. Und immer noch besser, der Strom kommt aus einem skandinavischen Atomkraftwerk als aus einem deutschen. Skandinavische Atomkraftwerke sind irgendwie grüner.

Der gute Umweltmensch kauft biologisch, gern auf dem Biomarkt, wo man ihn mit Namen anredet. Oder im Bioladen, wo es immer ein bisschen ranzig riecht. Oder aber im Supermarkt, der auf einmal auch immer mehr Bioware anbietet, manchmal sogar Bio-Bioware. Mit den Biolebensmitteln ist es wie mit dem berüchtigten Rotwein Valpolicella: Auf dem Weltmarkt wird die hundertfache Menge angeboten von dem, was tatsächlich produziert wird. Immerhin, ein Prozent ist echt. Und Hauptsache, der Bedarf ist gedeckt. Denn letzten Endes kommt es vor allem auf den guten Willen an.

Jeder Gutmensch hat einen extrem guten Willen. Er hat in der Zeitung gelesen, dass das Wetter verrücktspielt, und das ist ärgerlich, wenn es verregnete Sommer zur Folge hat oder Sturmschäden an den Balkonkästen. Wenn die Gletscher sich zurückziehen und noch ein paar Ötzis freigeben, lässt sich das gerade noch verschmerzen. Und wenn die Polkappen so nach und nach wegtauen, freuen sich vielleicht die Eskimos. Überhaupt, dass es wärmer wird, ist nicht nur schlecht. Schade eigentlich, dass die Erde sich lediglich um sechs Grad erwärmen soll – und das erst bis zum Ende des Jahrhunderts. Das ist der eigentliche Skandal: Die richtig schönen Sommer kriegt man bei dem Zeitlupentempo gar nicht mehr mit!

Umwelt-Gutmenschen sind strikt dagegen, dass der Regenwald abgeholzt wird, besonders im Tempo von drei Tennisplätzen pro Tag oder zwei Fußballfeldern pro Stunde, oder gar pro Sekunde? Sie sind für eine sofortige Schließung aller bekannten Ozonlöcher und für allgemeine Arterhaltung. Wenn man beizeiten auf die Gutmenschen gehört hätte, wären die Dinosaurier heute noch am Leben. Gute Menschen verwenden niemals Tropenholz, nur wenn sie nicht wissen, dass es Tropenholz ist. Das ist wie mit der Nuklearenergie und der Gentechnik. Nur wenn sie beides nicht verhindern können, müssen sie zwangsläufig davon profitieren. Und falls dann was schiefgeht, haben sie ja auf jeden Fall recht gehabt.

Gute Menschen sind für die genaue Einhaltung des Kyoto-Protokolls, und sie sind sehr verärgert darüber, dass die Amerikaner das Protokoll noch nicht unterzeichnet haben, auch wenn niemand auf Anhieb sagen könnte, was eigentlich drinsteht. Auf jeden Fall sollen schädliche Emissionen reduziert werden. Gute Menschen produzieren keine schädlichen Emissionen. Wenn sie in den Urlaub fliegen, nehmen sie extra eine kleine Fluglinie, so etwas wie Ryan Air. Erstens, weil das günstiger ist, zweitens, weil eine kleine Fluglinie nicht so viel Kerosin in die Luft blasen kann. Dass die Billig-Airlines auf Kosten ihrer Angestellten so billig sind, ist deren Problem.

Gute Menschen sind nun mal gegen Schadstoffe. Auch sie selbst stoßen nur Schadstoffe aus, wenn es gar nicht anders geht. Am Ende erkennt man sie daran, dass sie ihre Eltern ökologisch beerdigen lassen. Die letzten tröstenden Worte, die sie ihrer Mutter auf dem Sterbebett zuflüstern, lauten nach Auskunft der betreuenden Ärzte häufig: «Auf die Einbalsamierung verzichten wir, okay? In den Konservierungsmitteln sind Schadstoffe.» Oder: «Eine Verbrennung wäre einigermaßen schadstofffrei.» Oder: «Beruhige dich, du kommst in eine biologisch abbaubare Urne, Mutter.» Oft huscht dann ein irres Lächeln über das Gesicht der Verblassenden, besonders wenn sie sich zu Lebzeiten ungenügend für die Umwelt engagiert hat. Jetzt bleibt ihr nichts mehr anderes übrig.

«Für den Sieg des Bösen reicht es schon, wenn die guten Menschen ihr Bestes tun», schrieb der schwarzhumorige Poet Charles Bukowski. Und jetzt tun sie ihr Bestes für die Umwelt.

21 scheußliche Dinge, die Umwelt-Gutmenschen heute tun müssen ...

... während wir uns entspannen

Abfall trennen
Energie sparen
vollwertig essen
bewusst fernsehen
Haushalt giftfrei halten
Filterpapier vermeiden
Ratgebertelefon anrufen
Essensreste kompostieren
Grüne Punkte ausschneiden
das Auto alternativ antreiben
Konsumverhalten überdenken
sorgsam mit Wasser umgehen
E-Nummern auswendig lernen
Nachhaltigkeit berücksichtigen
Verbraucherzentrale alarmieren
zum Blauen Umweltengel beten
erneuerbare Ressourcen anzapfen
Batterien zur Sammelstelle bringen
Verbrauch an Klopapier reduzieren
bewusst mit Kunststoffen umgehen
alternative Waschmittel verwenden

Zehn böse Nachrichten, mit denen wir Umwelt-Gutmenschen aufmuntern können

Gerade gute Menschen mit ihrer hochsensiblen Empfindsamkeit geraten leicht in düstere Stimmung. Manche Gutmenschen verlieren vorübergehend sogar das klare Bewusstsein. Mit den folgenden Sätzen, frisch und in wacher Sorge vorgetragen, können wir sie rasch wieder aufmuntern:

1. Die ersten Malaria-Mücken sind in Bayern angekommen!
2. Der Treibhauseffekt hat sich gestern erneut beschleunigt!
3. Jetzt warnen sogar die skeptischen Wissenschaftler!
4. Der Golfstrom scheint noch vor Jahresende zusammenzubrechen!
5. Das Ozonloch hat sich schon wieder ausgedehnt!
6. Alle Experten schlagen Alarm!
7. In den Polkappen sind neue Schmelzlöcher aufgetaucht!
8. Die Gletscher haben sich gestern noch weiter zurückgezogen!
9. Das Klima ist gekippt! Der Wald ist tot! Der Letzte hat das Licht ausgemacht!
10. Du hattest recht mit deiner Prognose: Der Kölner Dom steht unter Wasser!

Die letzten beiden Aufmunterungen verwenden wir nur, wenn die Animationsversuche mit den anderen keinen Erfolg gezeigt haben.

Zehn Fragen, mit denen man Umwelt-Gutmenschen vom kalten Büfett ablenken kann

Die folgenden Fragen sind so sterbenslangweilig, dass gewöhnliche Menschen schon einschlafen, wenn sie sie hören. Aber nicht die guten Menschen! Sie wachen auf bei diesen Fragen. Ihre Augen beginnen zu funkeln, und ihr Herz schlägt heftiger, ihre Atmung beschleunigt sich. Mit diesen Fragen tun wir etwas für den Kreislauf guter Menschen. Zugleich erhöhen wir dabei unseren Lebensgenuss. Denn wir stellen diese Fragen bei einem gesetzten Essen oder bei einem kalten Büfett. Wir setzen unseren interessierten Blick auf. Und während der Umwelt-Gutmensch uns Vorträge hält, sammeln wir die delikatesten Leckerbissen ein. Bereits mit den ersten drei Fragen müsste er eine halbe Stunde lang glücklich beschäftigt sein.

1. Was hältst du von den jüngsten Wetterextremen?
2. Warum giltst du eigentlich als Querdenker?
3. Wo, glaubst du, hast du in deinem Leben am meisten für Nachhaltigkeit gesorgt?
4. Wie sollte deiner Ansicht nach eine kompromisslose Klimaschutzstrategie aussehen?
5. Stimmt es, dass einer deiner Nachbarn für den Wiedereinstieg in die Kernenergie plädiert?
6. Bis wohin, meinst du, wird der Meeresspiegel während deiner Lebenszeit steigen?
7. Welche Ressourcen werden hier und heute Abend wohl am wenigsten geschont?
8. Was hätten unsere Gastgeber noch tun können, um Abfall zu vermeiden?
9. Was könnten wir noch für die Lebensgrundlagen künftiger Generationen tun?

10. Was sagst du zu den Machtkämpfen zwischen Worldwatch, B.U.N.D. und Greenpeace? Meinst du, die jüngsten Morde haben etwas damit zu tun?

Tagebuch eines Umwelt-Gutmenschen

Um einen Gutmenschen zu verstehen, müsste man mindestens einen Tag lang mit ihm zusammenleben. Diese Belastung ist laut Urteil des Bundesverfassungsgerichts niemandem zuzumuten. Umso dankbarer veröffentlichen wir den folgenden Tagesablauf, den ein bescheiden anonym bleibender Gutmensch uns zugesandt hat.

5 Uhr. Das frühe Aufstehen fällt immer noch schwer. Aber wer das natürliche Sonnenlicht nutzt, verbraucht weniger Strom. Meinetwegen brauchen die Polkappen nicht wegzutauen! Noch im Bett neueste Reports von Worldwatch und B. U. N. D. gelesen. Superdeprimierend!

6 Uhr. Eiskalte Dusche. Selbstverständlich ohne Duschgel. Und mit möglichst wenig Wasser. Ein nachhaltig bewusster Mensch muss naturnah duften dürfen. Gern auch ein bisschen nach Kompost. Dieses Aroma gibt es zu wenig in unseren denaturierten Städten. Yoga: lieber ausgelassen.

7 Uhr. Fleischesser lassen die Mehlwürmer drin im Getreide, bevor sie es durch die Mühle drehen. Ich sammle die Dinger lieber raus und werfe sie aus dem Fenster, für die Vögel. Komisch, das Müsli schmeckt trotzdem unfrisch. Dabei weiche ich es mit levitiertem Wasser ein, das bei Vollmond abgefüllt wurde.

8 Uhr. Größerer Klogang. Und immer wieder die Gewissensfrage: Spülung betätigen? Oder warten, bis sich mehr angesammelt hat? Greenpeace-Chef Leipold spült nur einmal pro Tag und erledigt kleinere Geschäfte im Garten. Vorbildlich. Findet im Mietshaus bisher leider zu wenig Unterstützung.

9 Uhr. Auspufflärm in der Straße. Nachbar Wilkens wirft seinen alten Opel an. Das Ding hat weder Hybridantrieb, noch fährt es mit Rapsöl oder Biogas! Werde ihm mal meine gesammelten Altbatterien in den Briefkasten stopfen. Als kleinen Fingerzeig, wohin das alles führt.

10 Uhr. Mein Büro in der Umweltbehörde. Ich formuliere Vorschläge an den Betriebsrat, wie durch Abschaffung unserer Mikrowelle und des Kaffeekochens der Stromverbrauch reduziert werden könnte. Fairtrade-Kaffee habe ich ja schon durchgesetzt. Das Gute daran: Keiner mag ihn.

11 Uhr. Anruf von Mutter. Dabei habe ich sie erst gestern Abend besucht! Ihr Fernseher gehe plötzlich nicht mehr. Ach so, stimmt. Ich habe ja all ihre Stand-by-Schaltungen stillgelegt. Und ihre Heizung auf 16 Grad runtergedreht. Die dementen Alten tragen zu viel zur Erderwärmung bei.

12 Uhr. Der Chef außer Haus. Da kann ich in Ruhe im Web checken, wie Mutter bestattet werden könnte. Bloß nicht im Sarg! Die Kompostierung würde Jahrzehnte dauern. Das Amalgam aus ihren Zähnen würde ins Grundwasser gelangen, erst recht das Quecksilber aus dem Herzschrittmacher.

13 Uhr. Kantine. Es riecht sonderbar. Wissen Sie eigentlich, frage ich den Koch, woher Ihr Mais kommt? Aus der Dose, sagt er. Meine Güte. Und die Milch, frage ich, wissen Sie, ob die Kühe genmanipuliertes Futter bekommen haben? Er starrt mich an. Hilfloses Opfer der Multis.

14 Uhr. Ächz. Den Obstsalat hätte ich nicht essen sollen. Fühle mich ausgepowert. Die Südfrüchte enthielten vermutlich Pestizide, vor allem Blei. Jetzt kommen Blähungen, die auspuffmäßig rauswollen. Bleibe aber standhaft, weil das entweichende Gas die Atmosphäre nur weiter anheizen würde.

15 Uhr. Kurzes Nickerchen. Der Elektrosmog im Büro macht müde. Sehe mir im Web die Genmais-Karte von Foodwatch an. Mensch, ganz in der Nähe sind Versuchsfelder! Da gehen wir an meinem Geburtstag mit den Jungs auf Nachttour und machen den Mais platt. Einer muss ja was tun!

16 Uhr. Die Kollegen fiebern dem Fußballspiel heute Abend entgegen. Wisst ihr eigentlich, prüfe ich sie, wie viel Fußballfelder Regenwald pro Minute abgeholzt werden? Nöö, keine Ahnung, mosern sie, Hauptsache, der Rasen ist bespielbar! Faschisten. Ich wette, die fläzen sich zu Hause in Tropenholzsesseln.

17 Uhr. Anruf von Anja. Sie will am Abend kurz reinschauen. Bevor sie kommt, soll ich gründlich lüften. Mein Gott! Ich versuche, die Temperatur in der Wohnung durch meine eigene Körperwärme einigermaßen stabil zu halten. Da kann ich Wind und Zugluft nicht gebrauchen!

18 Uhr. Schock im Bioladen. Sehe ich da herkömmliche Glühbirnen in den Deckenlampen? Die müssen Sie durch Energiesparlampen ersetzen!, belehre ich die Frau an der Kasse. Darf ich Sie zu einem zielgruppenspezifischen Kursus in die Umweltbehörde einladen? Uff. Sie scheint kein Deutsch zu verstehen.

19 Uhr. Wieder zu Hause. Verdammt, ich hatte nicht gespült! Jetzt muss ich doch ausgiebig lüften. Habe das Gefühl, Anjas Besuch untergräbt meine kompromisslose Klimastrategie. Während unserer gesamten Beziehung hat sie sich auch nie eindeutig zum Kyoto-Protokoll bekannt.

20 Uhr. Anja da. Schnuppert angewidert. Seit sie ausgezogen ist, trägt sie die gesunden kratzigen Filzpullover nicht mehr. Ihr neuer Typ scheint für den Wiedereinstieg in die Kernenergie zu sein. Auch ihre selbstgemachten ranzigen Hautcremes hat sie aussortiert. Erst jetzt. Unfair.

21 Uhr. Endlich rückt sie mit dem Grund ihres Besuches raus: Geld. Sie will mehr Unterhalt für Lisa. Willst du etwa auf Wegwerf-

Windeln umsteigen?, frage ich entgeistert. Nicht, wenn du die Wolldinger wäschst, erwidert sie. Aber das geht nicht. Häufiges Waschen muss ich ablehnen.

22 Uhr. Mutter am Telefon. Ihr Nachbar habe den Fernseher wieder in Gang gekriegt. Na, toll. Du hattest ihn ja kaputt gemacht, behauptet sie. So ein Quatsch! Mutter, sage ich, du kommst bald in eine kompostierbare Urne, damit du endlich mal was für die Umwelt tust! Kapiert sie nicht.

23 Uhr. Bettlektüre über den Anstieg des Meeresspiegels. Schlimm! Allerdings: Wenn es in diesem Tempo weitergeht, könnte ich bald unten an der Straße einen Strandkorb aufstellen. Wäre ja auch nicht schlecht! Bedenkenswert.

24 Uhr. Liege grübelnd wach. Sollte ich vielleicht doch zur globalen Erwärmung beitragen? Genehmige es mir auf die Weise, die Anja zum Auszug veranlasste. Anschließend kurz lüften. Entspannung.

Die neun quälendsten Hobbys der Umwelt-Gutmenschen

... und die schönsten Gegengifte

1. Sie wittern überall Chemie

Gute Menschen erkennt man im Supermarkt daran, dass sie eine Lesebrille aufsetzen, um den Inhalt einer Packung zu entziffern. Ist da etwa Chemie drin? Ja, höchstwahrscheinlich. Chemie spielt dummerweise die entscheidende Rolle bei allen Lebensvorgängen. Etwa beim Stoffwechsel. Der menschliche Körper ist voller chemischer Inhaltsstoffe. Ein Apfel auch, egal, wie biologisch er gereift ist. Aber jetzt lesen wir erst mal die Packung. Was denn – Pektin? Glukose? Saccharose? Natrium? Phosphor? Niacin? Müssen wir uns das alles antun?

Nein, müssen wir nicht. Aber das sind nun mal die natürlichen Bestandteile eines Apfels. Nur scheinen sie, so präzise benannt, ein bisschen beängstigend. Und genau das ist die Krux bei den Bestandteilen, die zwangsläufig chemische Namen tragen. Kaum jemand weiß so richtig, was dahintersteckt. Amaranth, hieß es jüngst auf den Umwelt-Foren, soll hochgiftig sein! In den USA, Australien, Russland, Norwegen, Griechenland ist es bereits verboten. Aber im deutschen Bio-Müsli ist es immer noch drin! Amaranth, gepoppt, steht da. Die Organisation Foodwatch meldete: Amaranth kann Totgeburten, Asthma, Hyperaktivität auslösen.

Ja, stimmt. Aber nur der Farbstoff Amaranth, nicht das Getreide gleichen Namens. Das sind zwei völlig verschiedene Sachen. Erleichterung. Trotzdem verzichten sehr gute Menschen von jetzt an lieber auf Amaranth im Müsli. Wer weiß, ob es nicht doch Schuld hat an Schlaflosigkeit und Konzentrationsschwierigkeiten! Was muss man sonst noch meiden? Am Ende alles?

Wahrscheinlich. Die grassierende Chemophobie hat zwei plausible Gründe: Unkenntnis und die Begrenztheit der eigenen Existenz. Selbst bei genauester Befolgung ökologischer Testergebnisse werden sich Krankheit, Schmerzen, Krebs und Demenz nicht vermeiden lassen. Sie lassen sich allenfalls dämpfen und hinauszögern – und das nur durch Chemie und Schulmedizin.

Diesen vielbefehdeten Erscheinungen ist das biblische Alter zu verdanken, das in Mitteleuropa üblich geworden ist. Wer auf traditionelle Weise in der Natur lebt, Wurzeln und Früchte verzehrt und gelegentlich einen Hasen erwürgt, wird höchstens fünfundzwanzig. So einem Naturmenschen ist ein heimlicher Besuch im dörflichen Hofladen zu empfehlen, wo es im März Bio-Kiwi und im Oktober Bio-Kopfsalat gibt, organisch angebaut und für einen Liter Kerosin pro Stück aus Neuseeland eingeflogen.

Ist «natürlich» besser als «künstlich», «pflanzlich» besser als «tierisch» und «roh» besser als «verarbeitet»? Klingt so. Nur hat es bislang keiner nachweisen können. Na, macht ja nichts. Hauptsache, die Liste von Tabus, Warnungen und Empfehlungen wird immer länger. Denn gerade gute Menschen brauchen eine erfüllende Vollzeitbeschäftigung.

Bosheiten für Gutmenschen

++ Wir lesen unserem Umwelt-Gutmenschen die Liste der Zutaten in seinem Shampoo vor. Danach wird er sich nicht mehr die Haare waschen. Wir lesen ihm die Zutatenliste seiner Zahncreme vor. Zähneputzen ade. Auch inspirierend: die Zutatenliste seiner Hautcreme. Und seiner Lieblingsspeisen.

++ Wir erzählen alarmiert von dem Zusatzstoff E300. «Ich habe gelesen, zu viel davon kann den Stoffwechsel stören.» Das trifft zu, ist allerdings harmlos. Wird unser Chemophobiker nun nach E300 auf den Lebensmittelpackungen suchen und womöglich fündig? Schon möglich. Denn E300 ist die nüchterne Bezeichnung für Vitamin C. Alles mit E ist irgendwie verdächtig und gehört auf die Krebs-Liste. Nun auch Vitamin C. «Lieber kein Risiko!»

Das gemeine Geschenk

++ Zwei Fotos von Brigitte Bardot. Einfach aus dem Web kopieren. Eines aus den späten fünfziger Jahren, als Brigitte Bardot die meistfotografierte Frau Europas war. «Als Pharma-Kritikerin hat sie keine Sonnencremes benutzt», erklären wir. «Ich finde das vorbildlich.» Zeit für das zweite Foto. «Und so sieht sie heute aus.»

++ Ein Baukastenwaschmittel. Sozusagen biologisches Persil zum Selbermachen. Es besteht aus einem Basiswaschmittel, einem Enthärter, der für die Anpassung an die unterschiedlichen Wasserhärten sorgen soll, und einem Bleichmittel, das nur bei starker Verschmutzung und bleichbarer Wäsche zum Einsatz kommt. «Jetzt nur noch im richtigen Verhältnis mischen! Das macht Spaß und schmeckt sogar!»

Böse Sprüche für gute Menschen

«Gute Menschen reizen die Geduld, böse die Phantasie.» *Oscar Wilde, Schriftsteller*

«Die Natur besteht nicht nur aus Parklandschaften, sondern auch aus Krätzmilben, Aidsviren und Hakenwürmern. Krähen sind Natur, wenn sie Lämmern die Augen aushacken. Wildhunde sind Natur, wenn sie der gehetzten Gazelle so lange die Eingeweide aus dem Leibe reißen, bis sie stirbt.» *Wolf Schneider, Autor*

«Leider – die Natur kennt keine Ehrfurcht vor dem Leben.» *Albert Schweitzer, Arzt*

«Erst wenn der letzte Baum gefällt, der letzte Fluss vergiftet und der letzte Fisch gefangen ist, wird Golfspielen richtig Spaß machen.» *Arnold Palmer, Golfspieler*

2. Sie verfeuern Biosprit

Mit Bio im Tank fährt man nicht besonders gut, aber man ist ein guter Mensch. Besonders schön ist es, im Mai mit so einem total biologischen Auto aufs Land zu fahren: Die herrlichen Rapsfelder blühen bis zum Horizont. Sie werden von der Europäischen Union subventioniert, im gleichen Maße wie die ebenso häufigen Maisfelder.

Raps und Mais sind sogenannte nachwachsende Rohstoffe. Den aus ihnen gewonnenen Biosprit – Diesel aus Rapsöl und Ethanol aus Mais – kann man beinahe trinken. Leider lockt der massenhafte Anbau in Monokulturen auch Schädlinge an und erzwingt einen erhöhten Einsatz von Pestiziden. Und das ist zugleich das beste Mittel, die Artenvielfalt zu reduzieren.

Deswegen brauchen gute Menschen kein Fernglas, wenn sie mit dem Bio-Auto zur Rapsblüte fahren. Es gibt da keine Tierchen zu sehen. Sie brauchen höchstens eine Atemschutzmaske, genauso wie die Bauern auf den Traktoren. Die Maske empfiehlt sich übrigens nicht nur wegen der Pflanzenschutzmittel – auch wegen der Abgase aus dem eigenen Bio-Diesel. Die sind mittlerweile schwer verdächtig. Der Ausstoß an CO_2 ist ein bisschen geringer, doch der Ausstoß an krebserregenden Partikeln erheblich größer.

Woran soll ein guter Mensch denn nun sterben? Am Lungenkarzinom oder an der Strahlung aus dem Ozonloch? Schwierige Entscheidung! An Hunger jedenfalls nicht. Der bleibt den Maisessern in den Entwicklungsländern überlassen. Weil Mais in den Ländern guter Menschen zur Basis von Biotreibstoff geworden ist, wird er in den Ländern der Lieferanten als Lebensmittel knapp.

Daher die wütenden Proteste in Mexiko gegen Mais als Energierohstoff. Er soll Tortilla-Rohstoff bleiben, finden die Mexikaner. Man fragt sich, wo bei denen das Umweltbewusstsein bleibt!

Bosheiten für Gutmenschen

++ Wir zitieren aus einem Bericht des Forschungsinstituts für Arbeitsmedizin in Bochum: «Durch die Verwendung von Rapsöl als Kraftstoff sind vor allem Berufskraftfahrer gefährdet, die täglich den Emissionen ausgesetzt sind. Generell sind auch Arbeitsplätze betroffen, an denen Dieselmotoren unter einer Überdachung genutzt werden.» Wir ergänzen: «Die Abgase werden ja nach hinten ausgestoßen! Nur der hinter dir Fahrende kriegt Krebs, zum Beispiel der Drängler auf der Autobahn!» – «Ja», wird unser Gutmensch erleichtert seufzen, «und der hat es nicht anders verdient!»

++ Wir loben: «Selbstmord wird einfacher. Früher musste man am Auspuff einen Schlauch befestigen und ins Wageninnere legen, das Ganze auch noch in einer geschlossenen Garage. Jetzt reichen ein paar Minuten im Stau.»

Das gemeine Geschenk

++ Eine Atemschutzmaske «für längere Autofahrten». Solche Atemschutz- oder Staubschutzmasken gibt es in Großpackungen günstig bei eBay (zehn Stück für fünf Euro). «Sieh mal, mit tollem elastischem Halteband und einer Super-Nasenklammer für den einwandfreien Sitz. Die Sicht wird garantiert nicht beeinträchtigt, die Sprache nur ein bisschen verschleiert – und die Atmung, na ja. Hauptsache, die schädlichen Biopartikel werden rausgefiltert!»

Böse Sprüche für gute Menschen

«Die DDR hätte nach heutiger Denkschule eigentlich ein ökologisches Paradies sein müssen: keine Flüge nach Mallorca, keine Kiwis aus Neuseeland, eingeschränkter Individualverkehr, kein McDonald's, Konsumverzicht allenthalben. Doch heraus kam eine gigantische Sondermülldeponie.» *Dirk Maxeiner, Autor*

«Haltet euch an Einfachheit, Wahrheit, Natürlichkeit und überlasst mir den Rest.» *Jack Benny, Schauspieler*

«Wenn wir die Zukunft des Planeten sichern wollen, müssen wir zuallererst aufhören, uns Rat in der Natur zu holen.» *Richard Dawkins, Biologe*

3. Sie bauen Krötentunnel

Der Naturforscher Heinrich Faust verglich sich mit einem bedauernswerten Kriechtier: «Dem Wurme gleich ich, der den Staub durchwühlt, den, wie er sich im Staube nährend lebt, des Wanderers Tritt vernichtet und begräbt.»

Sorry, Wurm. Ja, es kann sein, dass wir ab und zu auf einen Wurm treten, ohne es richtig zu merken. Sicher ist, dass wir mit jedem Schritt Kleinstlebewesen vernichten. Zoologen zufolge kommen bei einer Waldwanderung pro Kilometer locker ein paar tausend Tierchen zusammen, die unter unseren Sohlen zermalmt werden. Entsetzlicher Massenmord! Und wenn wir barfuß gehen wie vorbildliche Naturvölker? Kein Unterschied. Zum Glück sehen wir die Winzlinge nicht. Und falls wir im letzten Moment eine Mücke auf dem Boden sehen würden, würden wir vermutlich keinen Extra-Ausweichschritt machen.

Bei kleinen Kröten ist das ganz anders. Besonders wenn sie erst fingernagelgroß sind. Manchmal wollen sie in diesem Alter unbedingt über die Straße. Es zieht sie zu einem Teich auf der anderen Seite. In Deutschland haben sie mittlerweile gute Chancen. Manche «AG Krötenschutz» hat schon Kröten in Eimern gesammelt und über die Straße getragen. Mittlerweile werden überall Tunnel samt Leitsystemen errichtet. Zwei anderthalb Kilometer lange Krötentunnel erhöhten die Kosten für eine Autobahn bei Düsseldorf um eine halbe Million Euro. Das Kröten-Leitsystem bei Grambek im holsteinischen Lauenburg war mit knapp vierhunderttausend Euro günstiger. Weitere Leitwände und Tunnel sind in Planung.

Noch ein Liebling guter Menschen: der Wachtelkönig. Laut Umfrage zählt er in Deutschland zu den zehn bekanntesten Monarchen. Lediglich die Queen, Charles und Juan Carlos rangieren vor ihm. Nur wenige Menschen haben ihn je gesehen, aber wenn seine Königin brütet, darf das Land als sein Besitz angesehen werden.

Die Ostsee-Autobahn von Lübeck nach Rostock konnte jahrelang nicht fertiggestellt werden, weil ein guter Mensch einen Wachtelkönig im Gebiet der Trasse gehört haben wollte und eine Bürgerinitiative dafür begeistern konnte. Ein Siedlungsprojekt südlich von Hamburg scheiterte, weil gute Menschen einen Wachtelkönig auf einer benachbarten Wiese gesichtet oder ausgesetzt hatten. Die Autobahntrasse von Cuxhaven nach Hamburg wurde verlegt, um ein vermutetes Brutgebiet des ruhmreichen Zugvogels nicht zu gefährden. Die Verlegung von sechs angestammten Bauernhöfen samt Familien sei eher vertretbar, erklärte ein Richter.

So etwas freut gute Menschen! Niemand kann daran zweifeln, dass Vögel wichtiger als Menschen sind. Aber sind Vögel auch wichtiger als Bäume? Im schleswig-holsteinischen Kappeln an der Schlei zogen Freunde des Wachtelkönigs gegen Naturschützer zu Felde, die einen Öko-Wald anlegen wollten. Ausgerechnet in einem Gebiet, in dem jemand einen Wachtelkönig gehört hatte! Wenn gute Menschen mit anderen guten Menschen um den Einklang mit der Natur kämpfen: Das freut endlich auch böse Menschen.

Noch schöner: Im Havelland bei Buckow konnten Vogelfreunde die Deutsche Bahn besiegen. Ihre Lieblingsvögel, die sogenannten Großtrappen, schwer an Gewicht und nur begrenzt flugtauglich, waren bereits von Füchsen dezimiert worden. Zwei Dutzend Trappen tappten noch durch den Wald. Damit nicht eine von ihnen gegen einen durchfahrenden Zug flatterte, wurde die Bahn dazu verdammt, auf einer Länge von sechs Kilometern Erdwälle zu errichten, und zwar in einer Höhe bis zu sieben Metern. Obendrein wurden die Gleise von drei auf zwei verengt.

Mit ein bisschen Glück hätten die Trappen nun Anlauf nehmen und über die Strecke setzen können. Klar, dass auch die Geschwindigkeit im Trappengebiet von 250 auf 160 Stundenkilometer reduziert werden musste, sonst hätte der Fahrtwind sie womöglich angesogen. Kosten der Schutzvorrichtungen: rund 25 Millionen Euro

Steuergelder, eine Million Euro pro Trappe. Das kleine Trappenvolk, publicityscheu, wanderte anschließend aus. Falls es wiederkehren will: Die Wälle stehen.

Bosheiten für Gutmenschen

++ Tierfreunde sind krank, dick und unsportlich. Diese erfreuliche Meldung ist das Ergebnis einer europäischen Studie. Federführend war die finnische Universität Turku. Demnach ist der typische Tierbesitzer über 40 Jahre alt, hat einen hohen Body-Mass-Index, neigt zur Bewegungsfaulheit und raucht häufig. Hundehalter bewegen sich zwar mehr als andere Haustierbesitzer, dies hat aber keinen Einfluss auf ihr Gewicht. Die stärkste Fraktion an Haustierbesitzern orteten die Wissenschaftler in sozialen Schichten mit geringer Bildung und niederem Rang. Insgesamt ist der gesundheitliche Zustand der Haustierbesitzer wesentlich schlechter als bei Personen, die kein Haustier halten.

Das gemeine Geschenk

++ Die Frieden-in-der-Natur-Urkunde. Wir überreichem unserem Gutmenschen eine am Computer gefertigte Urkunde. Diese Urkunde ernennt ihn zum Ehrenvorsitzenden der Initiative «Frieden in der Natur». Wichtigste Forderung: «Es muss endlich Schluss sein damit, dass Hirsche auf friedlichen Waldlichtungen gegeneinander kämpfen, dass Katzen kleine Mäuse fressen, Vögel wehrlose Würmer töten, Eisbären unschuldige Robben abschlachten und Goldfische ihre eigene Brut fressen.» Wir sind die Ersten, die sich auf der beiliegenden Unterschriftenliste eintragen. Weitere soll unser Gutmensch sammeln.

++ Der Roman *Blondi* von Michael Degen. Hitler liebte Natur und Tiere. Er verbot, Goldfische im Kugelglas zu halten, das sei Tierquälerei. Er hielt Autos für umweltschädlich. Er ließ das erste deutsche Naturschutzgesetz verabschieden. Er lebte vegetarisch. Und sein bester Freund war Blondi, der Schäferhund, vom Führer innig geliebt und das einzige Wesen, das in seinem Schlafzimmer übernachten durfte. Intimer kann Tierliebe nicht sein. Michael Degen porträtiert einen berühmten Tierfreund aus der Sicht seines Lieblings.

Böse Sprüche für gute Menschen

«Seltsam, die Deutschen, die noch vor zwei Generationen Lager errichteten, um das Volk der Juden zu vernichten, bauen jetzt Tunnel unter den Straßen, um das Volk der Kröten zu erretten. Tempora mutantur, et nos mutamur in illis.» *Stanisław Lem, Autor*

«Der Aufstieg des Menschen verläuft vom Keulen schwingenden Höhlenwesen zum Krötenretter.» *Michael Miersch, Autor*

«Wäre die Natur nicht so hässlich, ich würde ab und zu spazieren gehen.» *Joris Karl Huysmans, Schriftsteller*

«Die lässigste Art, auf Umweltprobleme aufmerksam zu machen, ist, Abfall in die Natur zu streuen.» *George Burns, Komiker*

4. Sie bekämpfen Elektrosmog

Viele gute Menschen leiden an Gehirnschäden, weil sie mit einem schnurlosen Telefon oder mit einem Handy telefoniert haben. Diese Gehirnschäden sind meist schon in einem kurzen Gespräch erkennbar. Rückgängig machen lassen sie sich nicht.

Wer etwas tun will, um gute Menschen vor weiteren Ausfällen zu bewahren, protestiert am besten gegen Mobilfunkmasten. Mit einem Handy lassen sich schnell Gleichgesinnte herbeirufen. In Deutschland gibt es ein halbes Tausend Bürgerinitiativen gegen Mobilfunkmasten, wobei die Bürger immer nur gegen die Antenne in ihrer Nachbarschaft die Initiative ergreifen. Je höher und sichtbarer der Sendemast, desto größer die Furcht – obwohl die Belastung mit der Höhe des Mastes abnimmt.

Macht nichts. Rund um den Sendemast nehmen gewöhnlich Nägelbeißen, Bettnässen, Stottern, Händezittern und Streitsucht zu. Auch wenn der Mast gar nicht funkt. Das nennt man Placebo-Effekt. Berühmt wurde die Basisstation Amberg Ende der neunziger Jahre. Kaum war sie aufgestellt, gab es Klagen über Sehstörungen, Schlafstörungen, Fehlgeburten. Dabei war der Sendemast noch gar nicht in Betrieb gegangen. Der Betrieb begann erst ein halbes Jahr später. Aber das wussten die Beschwerdeführer nicht.

Auch Fernsehen besteht übrigens zu achtzig Prozent aus den gefürchteten gepulsten Signalen. Abschalten des Apparats hilft, ist aber schwierig, weil es einer persönlichen Entscheidung bedarf. Nieder- und hochfrequente Felder gibt es seit hundert Jahren, also ungefähr seit der Zeit, seit sich die Lebenserwartung verdoppelt hat. Aber können elektrische Felder und Handys nicht wenigstens Krebs auslösen?

Das wäre schön für alarmierende Titelzeilen und gut als Bestätigung vager Ängste. Doch die jüngste Langzeitstudie an einer halben Million Teilnehmer ergab kurioserweise das Gegenteil: Von den Handy-Nutzern erkrankten zehn Prozent weniger an Krebs als in der handylosen Vergleichsgruppe. Warum das? Vielleicht weil die Nicht-Nutzer älter sind?

Kann sein. Die Zahl der Krebserkrankungen in den Industrieländern ist seit hundert Jahren, bezogen auf die Altersgruppen, konstant geblieben. Eine Zunahme gibt es nur durch die höhere Lebenserwartung. Irgendwann erwischt es jeden. Der Rückgang der Verkehrstoten und Infarktopfer ist weitgehend auf das Handy zurückzuführen. Es hat in den vergangenen Jahrzehnten unzählige Menschenleben gerettet. Trotzdem: Elektrosmog ist das Allerschlimmste! Und das soll auch so bleiben.

Bosheiten für Gutmenschen

Wer sich gegen Elektrosmog abschirmen möchte, braucht Unterstützung. Wir beglücken unseren Gutmenschen mit einer Checkliste:

- Hast du einen Handyschlauch? Wie? Nie gehört? Das ist eine speziell abgeschirmte Handytasche! Sie blockiert die elektromagnetischen Felder deines Handys! Für siebzig bis achtzig Euro. Den Empfang blockiert sie auch, aber der ist ja ohnehin nur zweitrangig.
- Was für ein Gesichtswasser benutzt du? Hoffentlich eines mit magnetischem Abwehrkomplex? Auch noch nicht gehört? Dieses Gesichtswasser schützt gegen vorzeitige Alterung durch Elektrosmog und schirmt elektromagnetische Felder ab, falls du zum Beispiel eine Steckdose im Schlafzimmer hast! Das Vierzig-Euro-Fläschchen enthält wertvolle Mikroorganismen, die am Rande heißer Tiefseequellen leben. Nicht zu stark schütteln!
- Welchen Aufkleber benutzt du? Einen für dreizehn Euro aus Aluminium, mit geometrischer Prägung, der unter den Akku geklebt wird und die elektromagnetischen Wellen harmonisiert? Oder einen für dreißig Euro, der wie schlichtes Tesafilm aussieht und trotzdem die Wellen neutralisiert? Oder einen Marienkäfer aus Keramik, der für dreißig Euro die Handystrahlung in positive Strahlung umwandelt, sodass du immer gesünder wirst, je länger du telefonierst?
- Oder bevorzugst du den Anhänger für hundert Euro, der überdies ein Schmuckstück für deine Halskette ist und der alle schädlichen elektromagnetischen Strahlen fernhält, Steckdose, Fernsehen, Hochspannungsleitung? Und der im Gegenzug gesunde Energien verstärkt?
- Hast du etwa einen Stromzähler in der Wohnung? Er ist doch hoffentlich weiter als zehn Meter von deinem Schlafplatz entfernt?
- Du schaltest doch wohl am Sicherungskasten die Sicherung des Schlafzimmers aus, bevor du ins Bett gehst?
- Du benutzt hoffentlich eine Niedrigvolt-Nachttischlampe?

- Von deiner Federkernmatratze hast du dich ja getrennt, oder? Du weißt, dass Federkerne elektromagnetische Felder verstärken? Kabel hast du ja sowieso nicht im Schlafzimmer.
- Du hast hoffentlich keinen Dimmer oder Transformator in der Wohnung?
- Deine Mikrowellengeräte hast du ja bereits zum Sondermüll gegeben, weil die hochfrequente Leckstrahlung zur Trübung deiner Augenlinse führte.
- Ist dir klar, wie Aquarienpumpen, Anrufbeantworter, Babyphone und alles, was auf Stand-by leuchtet, deine Wohnung verseucht?
- Weißt du Bescheid über die elektrischen Geräte deiner Nachbarn? Wie sehr sie deine Wohnung bestrahlen, erkennst du nur an deinen Allergien, deiner Nervosität, deinen depressiven Verstimmungen und an deinen Schlafproblemen.
- Wenn du ausziehen willst, melde dich bitte. Wir würden deine Wohnung gern übernehmen.

Das gemeine Geschenk

- Eine Wünschelrute. Die ist extrem preiswert und hat zugleich höchsten spirituellen Wert. Sie besteht aus einem gegabelten Ast. Probeläufe während der Geburtstagsfeier bringen lustige Abwechslung und erregen viel Schrecken. Erstens zeigt sich, wer sensibel für Störfelder ist; denn nur bei ihm oder ihr zuckt die Rute. Zweitens wird bei dem allgemeinen Gezucke klar, wie unrettbar gestört die Wohnung ist.
- *Freispruch für CO_2! Wie ein Molekül die Phantasien von Experten gleichschaltet*, ein Buch des Physikers Wolfgang Thüne. Er hält den CO_2-Output für unbedenklich. Thüne erklärt, warum Wissenschaftler dennoch Horrorszenarien malen (um an Forschungsgelder heranzukommen) und weshalb Politiker Schreckensbilder brauchen (um die Steuern zu erhöhen). Leider dürfen wir das

Buch nur gesunden Umweltfreunden zumuten. Ältere, tiefgläubige Gutmenschen mit eingefleischter Furcht vor dem Teufel CO_2 könnte bei der Lektüre der Schlag treffen. (Notarztwagen bitte nicht über Handy rufen!)

Böse Sprüche für gute Menschen

«Nicht das Vorhandensein hochfrequenten Elektrosmogs ist ein konkretes Gesundheitsrisiko, sondern seine Abwesenheit in Form von Funklöchern, die eine schnellstmögliche Hilfe im Notfall verhindern.» *Peter Kröling, Physiker*

«Gute Menschen lassen sich gern über den desolaten Zustand der Welt informieren – das kitzelt ihre moralische Wollust.» *Katarina Rutschky, Autorin*

«Die Natur ist nicht gut. Eher kann man sie teuflisch nennen mit ihrem plumpen, stümperhaften, schrecklich grausamen Wirken.» *Charles Darwin, Forscher*

«Wenn die Natur eine Person wäre, würde man sagen: Sie braucht dringend Therapie, und zwar möglichst in einer geschlossenen Anstalt.» *Melanie Klein, Psychoanalytikerin*

5. Sie sehnen sich nach Katastrophen

Wie alle gläubigen Missionare sind die Gutmenschen davon überzeugt, dass die Welt untergeht. Jedenfalls dann, wenn die Welt nicht auf sie hört. Und die Welt hört nicht auf sie! Wie können die Guten nun beweisen, dass sie recht hatten? Sie müssen auf den Weltuntergang hoffen, am besten auf einen, bei dem sie selbst übrig bleiben. Die ertrinkenden Bösen können ihnen dann aus der Sintflut noch zurufen: Ihr hattet recht! Hätten wir nur auf euch gehört! Ihr seid die Guten!

Und selbst wenn das nur ein Wunschtraum bleibt – ein paar Katastrophen müssen einfach her, damit die Bösen abgestraft werden, die skrupellosen Konzerne und die uneinsichtigen Regierungen. Deshalb freuen sich die Gutmenschen heimlich oder offen über Fluten, Stürme, Waldbrände. Ein wohliger Schauer überrieselt sie, wenn die Nachrichten melden, «das Klima kippt» oder «Experten schlagen Alarm». Der Winter ist zu warm – sie haben es ja immer gesagt. Der Winter ist zu kalt – ja, das Wetter spielt verrückt.

Als Kinder gingen sie gern in die Geisterbahn. Jetzt gruseln sie sich glücklich vor Beben, Tsunamis, Meteoriteneinschlägen, globalen Seuchen und fernen Hungersnöten. Vor allem, was die Menschheit angeblich bedroht. Dagegen deprimiert es sie, wenn die Nachrichten Gutes melden. Luft, Flüsse, Seen sind deutlich sauberer als vor zwanzig Jahren, der Wald ist kräftiger, die Artenvielfalt nimmt weltweit leider doch nicht ab, neue Rohstoffvorräte werden entdeckt statt dass die alten aufgebraucht werden.

Das ist ärgerlich. Denn die Guten haben es anders prophezeit. Das Ökosystem folgt nicht ihrer schlichten Logik, es ist komplexer. Die Erde ist beängstigend gesund und braucht ihre Hilfe nicht. Die Elefanten sterben nicht aus, im Gegenteil, und der Nachschub an Pelzen hat bislang keine Tierart gefährdet, selbst die für Tropenholz benötigten Bäume vermehren sich froh.

Die Welt ist grausam zu den guten Menschen! Seit hundertfünfzig Jahren geht es der Menschheit global immer besser, und es gibt keinen Grund zu der Annahme, dass dieser Fortschritt nicht andauert. Die Lebenserwartung steigt, der Anteil der Menschheit, der hungert, schrumpft, die Ressourcen werden immer intelligenter genutzt, und Luft- und Wasserverschmutzung nimmt dank ausgeklügelter Techniken ebenso ab wie die Kindersterblichkeit dank Schulmedizin.

Es ist wirklich zum Heulen! Seit den siebziger Jahren reißen die Katastrophen-Szenarien nicht ab, doch es gibt seither immer mehr Freizeit, mehr Sicherheit und weniger Unfälle, mehr Bildung, mehr

Komfort, weniger Hunger, mehr Nahrung und ein gesünderes und längeres Leben.

Entsetzlich! Was können die guten Menschen tun? Sie können nur persönlich für den Untergang sorgen, etwa durch Tabak, Alkohol, Drogen und ungeschützten Sex. Hört sich auch ganz spaßig an. Und vielleicht klappt es!

Bosheiten für Gutmenschen

Seit etlichen Jahrzehnten schlagen die Experten Alarm. Immer mal wieder auf andere Weise. Hier ist die amüsante Liste, über die nur Gutmenschen nicht lachen können:

- In den sechziger Jahren kamen immer mehr namhafte Wissenschaftler zu der Einsicht, dass die Menschheit auf eine neue Eiszeit zusteuere. Nur über den Zeitpunkt war man sich uneins. Weil das runde Datum so große Anziehungskraft hatte, einigten sich die Klimaexperten auf das Jahr 2000. Außer in unserem Tiefkühlschrank hat es mit der Eiszeit nirgends geklappt.
- Anfang der siebziger Jahre wurde Paul Ehrlich zum Star der amerikanischen Warnrufer. Er sagte den biologischen Tod der Meere bis zum Jahr 1980 voraus. Ein Jahrzehnt später würde das Pflanzenwachstum zum Stillstand kommen, da die Sonne die verschmutzten Luftschichten nicht mehr durchdringen könne. Wasser müsse rationiert werden, Seuchen würden sich ausbreiten. Die Lebenserwartung werde bis 1980 auf 42 Jahre sinken. Der Prozess sei nicht mehr umkehrbar. Ehrlich bekam in den siebziger Jahren mehrere Preise für seine Prognosen.
- Der legendäre Club of Rome, eine Versammlung internationaler Experten unter Leitung des ruhmreichen Dennis Meadows, errechnete 1972, dass die wichtigsten Bodenschätze binnen zweier Jahrzehnte erschöpft sein würden: Zinn, Zink, Kupfer, Erdgas dürfte es demnach längst nicht mehr geben. Die Erdölvorräte soll-

ten maximal bis zur Jahrtausendwende reichen. Doch es werden immer neue Vorkommen entdeckt. Heute ist der bekannte Vorrat größer als je zuvor.

- Die vom amerikanischen Präsidenten Jimmy Carter lancierte Studie «Global 2000» prophezeite eine weltweite Vergiftung der Gewässer und ein Ansteigen des Meeresspiegels bis zur Jahrtausendwende, sodass die Nordsee bis zur Kölner Bucht reichen würde. Doch die Strandkorbverkäufer halten dort immer noch vergeblich nach Brandung Ausschau. Außerdem prognostizierten die Experten einen Anstieg der Nahrungsmittelpreise bis zur Jahrtausendwende um 35 bis 115 Prozent. In Wahrheit fielen sie in diesem Zeitraum um fünfzig Prozent.
- Anfang der achtziger Jahre entdeckten Experten und Medien das Waldsterben. Der deutsche Wald werde noch fünf bis zehn Jahre zu leben haben. Heute wissen wir: Als alle Gutmenschen fest an den Untergang des Waldes glaubten, wuchsen die Wälder – sowohl in der Fläche, denn es gibt mehr Wald als zuvor, wie auch im Volumen, denn es gibt kräftigere Bäume. Die Schäden beschränkten sich auf bestimmte Gebirgslagen. Dort wurden sie emsig fotografiert.
- Ende der achtziger Jahre wurde errechnet, dass der Müll bis zur Jahrtausendwende die Gewässer vergiften, die Flächen bedecken und durch Verbrennung die Luft verdunkeln würde. Anfang der neunziger Jahre wurde das Creutzfeld-Jacob-Syndrom (sprich «Rinderwahnsinn») zur Seuche der Jahrtausendwende ausgerufen. Hat alles nicht geklappt. Auch ausgefeilte Computer-Szenarien konnten und können immer nur so rechnen, wie die Alarmexperten es ihnen eingeben – meilenweit am Leben vorbei.

Das gemeine Geschenk

- *Die Grenzen des Wachstums – Bericht des Club of Rome zur Lage der Menschheit* von Dennis Meadows und anderen; nur noch antiquarisch zu haben, aber enorm günstig (etwa einen Euro).
- *Die Bevölkerungsbombe* von Paul Ehrlich; gut dreißig Jahre alt und nur noch antiquarisch zu haben. Enthält alle wissenschaftlichen Argumente, weshalb die Menschheit die achtziger Jahre des zwanzigsten Jahrhunderts nicht überleben kann. Die Bibel aller seriösen Prognostik.
- Eine echte Bibel – mit einem Lesezeichen bei der «Offenbarung des Johannes». In diesem Schlussteil des Neuen Testaments werden bereits die herrlichsten Katastrophen vorhergesagt: Vulkanausbrüche, Überflutungen, Erdbeben, Hungersnöte, Meteoriteneinschläge, Feuersbrünste, Seuchen. Der Autor war sich völlig sicher, dass der Jüngste Tag unmittelbar bevorstand. Genau wie der von uns beschenkte Gutmensch, der das krautige Zeug nun lesen muss.
- Eine Chronik der Weltuntergänge. Die schönsten prophezeiten und verpassten Untergänge sind auf einer Website gesammelt: www.unmoralische.de/weltuntergang.htm. Wir kopieren sie, besonders diejenigen, die wir in den letzten Jahren überstanden haben (1999, 2000, 2002, 2003, 2005), und diejenigen, die demnächst anfallen (11. 11. 2011, 22. 12. 2012), und drucken sie auf Schmuckpapier für unseren Gutling aus.

Böse Sprüche für gute Menschen

«Die Horrorvision der sechziger Jahre war die beschäftigungslose Gesellschaft. Da Roboter und Maschinen alle Arbeit übernehmen würden, müssten die Menschen Aquarellmalerei und Makramee erlernen, um sich die überschüssige Zeit zu vertreiben. Auch diese Prognose ist den Weg aller Prognosen gegangen. Schade eigentlich.»
Michael Crichton, Autor

«Die Umweltangst hat viel für sich.
Bekenne ich: Ich fürchte mich!,
So hab ich erstens den Gewinn,
Dass ich ganz schön sensibel bin.

Zum Zweiten sehen mich die Leut
Als Ausbund von Betroffenheit.
Und drittens schnapp ich diesen Bissen
Vorweg den andern Besserwissern.

Und viertens hoff ich außerdem
Auf Widerspruch, der mir genehm.
So rufen sie denn schließlich aus:
Der ist ein guter Mensch! Applaus!»

Wilhelm Busch (aus dem Gedächtnis zitiert)

«Die Zukunft war früher auch besser.» *Karl Valentin, Komödiant*

«Der beste Weg, die Zukunft vorherzusagen, ist, sie zu erfinden.» *Alan Kay, Informatiker*

6. Sie fürchten Gentechnik

Natürlich macht es Spaß, ein Maisfeld zu zertrampeln. Oder wenigstens Teile davon. Ein Muster hineinzustampfen, ein Monogramm oder einen Kornkreis zum Beispiel – das ist pures Vergnügen. Und wenn es sich dabei noch um ein Genmais-Feld handelt, ist das Trampeln sogar eine edle Pflicht. Jedenfalls für gute Menschen.

Greenpeace veröffentlicht jedes Jahr eine Genmais-Karte mit den regionalen Anbauflächen, damit wir wissen, wo wir in lauen Sommernächten lustige Partys feiern können. Ganz nebenbei minimieren wir dabei übrigens «die Gefahren für die Umwelt und die Risiken für Verbraucher». Denn wir zertrampeln ja nur brisantes Gefahrengut. Bei Raps klappt diese Erklärung übrigens auch. Theoretisch auch bei Zuckerrüben, aber die lassen sich nicht so gut klein stampfen.

Schade nur, dass die Forscher bei diesem Vergnügen nicht mitmachen. Im Wissenschaftsmagazin *Science* wurden jüngst die Ergebnisse einer britischen Großstudie veröffentlicht, die eigentlich die düsteren Auswirkungen des neuen Saatguts auf die Artenvielfalt zeigen sollte. Doch die Forscher konnten keinen negativen Effekt bemerken. Vielmehr sei intensive Landwirtschaft ein Problem für Insekten und Vögel; Pflanzen mit verändertem Erbgut reduzierten die Artenvielfalt hingegen nicht.

Unverschämtheit! Gute Menschen wissen, was von solchen Forschungen zu halten ist: Sie sind von interessierter Seite finanziert und manipuliert. Denn Seriosität hin, *Science* her, hinsichtlich der Biotechnologie zählt vor allem die religiöse Überzeugung. Und die lautet: Solche Technik ist Hexenzeug und Teufelswerk. Wird man es noch schaffen, die Hexen zu verbrennen, wenigstens symbolisch?

Nein. Es sind bereits zu viele. Weil die neuen Pflanzensorten gegen Unkraut und Insektenfraß gefeit sind, werden sie rund um den Globus von mittlerweile zehn Millionen Bauern angebaut, auf rund hundert Millionen Hektar Ackerfläche. Da gibt es eine Menge zu trampeln. Vermutlich zu viel. Zumal die erhoffte Öko-Katastrophe ausgeblieben ist. Bislang ist kein Genmais-Esser einer rätselhaften Krankheit erlegen.

Und schrecklich, aber wahr: Die Natur erholt sich, denn die Bauern sparen Energie und Pestizide. Demeter und Bioland glauben inzwischen damit leben zu können, dass selbst Biolebensmittel gentechnisch veränderte Anteile enthalten, ohne dass dies deklariert werden müsste. Eine denkbare Minimalbelastung dürfe nicht zu kostspieligen und existenzgefährdenden Rückrufaktionen führen.

Natürlich nur dann, wenn die sogenannte Belastung «durch Verwehungen, beim Transport oder bei der Verarbeitung» entstanden ist.

Beispiel: Wenn Gutmenschen wie Sie und ich demnächst im Maisfeld trampeln gehen und der Wind weht den aufgewirbelten Staub auf den Bio-Acker nebenan, dann ist das nicht zu ändern und deshalb okay. Der Wind weht, wo er will. Ach, heißt das eigentlich auch, dass wir beim fröhlichen Trampeln genetisch veränderte Pollen und Blütenstaub einatmen könnten? Sehr wahrscheinlich. Schadet aber wohl nichts. Ist vielleicht sogar gut gegen Krebs. Und da hätten wir nichts einzuwenden.

Gentechnische Medizin – okay, akzeptiert. In der Pharmazie wird die Gentechnik seit langem angewandt und beifällig aufgenommen. Selbst ein grundguter Mensch findet es, wenn er bedrohlich krank wird, ganz schön, dass es die verhasste Schulmedizin gibt, dass sie Fortschritte gemacht hat und dass er davon profitieren darf.

Seine Krankheit hätte vor zehn Jahren noch nicht geheilt werden können? Weil es damals das hilfreiche Medikament noch nicht gab, das er nun der Gentechnik zu verdanken hat? Na, spricht der gute Mensch großzügig, dann will ich mal ein Auge zudrücken. Also spritzen Sie mir das Zeug, Doktor. Und anschließend lassen Sie mir das Mittagessen bringen. Ich hoffe nur, es enthält keinen Genmais!

Bosheiten für Gutmenschen

++ Unser Gutmensch will verreisen? Sehr schön. Hoffentlich, um seine Überzeugungen in die Welt zu tragen, und nicht, um sich zu erholen! Schwierig sind Reisen in die Länder Asiens, wo gentechnisch beeinflussten Lebensmitteln auch in besten Hotels nicht zu entgehen ist. Ein eigener Proviantkoffer müsste mitgeführt werden. USA, Kanada, Südamerika fallen aus diesem Grund ebenfalls als Reiseziele aus. Australien auch. Wohin dann? Afrika? Man weiß nichts Genaues. Bleiben Reisen ins alte Europa! Deutschland, Spanien, Frankreich, Portugal und Tschechien sind gentechnisch auch nicht mehr das, was sie mal waren. Aber es gibt ja noch genfreie Regionen: Grönland und die Lofoten zum Beispiel. Wir helfen unserem Gutmenschen gern bei der Reiseplanung.

++ Unser Gutmensch braucht Vorbilder? Wir überreichen ein Foto des großen sambianischen Präsidenten Mwanawasa (aus dem Web). Das Foto zeigt den idealen Gutmenschen. Als die UNO in seinem Land die «größte humanitäre Krise der Welt» ortete, weil drei Millionen Menschen hungerten, lehnte er die angebotenen Maisspenden ab mit dem Argument, sie enthielten gentechnisch veränderte Körner. Der Beifall guter Menschen war groß und ebbte erst ab, als das große Sterben im Land begann. Nachdem Hunderttausende verhungert waren, akzeptierte der Präsident die Lebensmittellieferungen. «Schade», seufzen wir bei der Übergabe des Heldenfotos. «Offenbar sind immer weniger Leute bereit, im Kampf gegen das Böse zu sterben. Wärst du es eigentlich?»

Das gemeine Geschenk

++ Cranberries aus Kanada, Ingwer aus Thailand, Sojasoße aus China, Dosenmais aus USA, mexikanisches Bier und Tomaten aus Spanien. Die sind zwar nicht mit Gentechnik in Berührung gekommen, aber vielleicht finden wir trotzdem ein nahezu viereckiges, würfelförmiges Exemplar, das bei guten Menschen verlässlich Angst und Schrecken auslöst. Dazu servieren wir Joghurt, Frischkäse und Sahne von dem bösen Hersteller, dessen Milch laut Gerichtsbeschluss «Genmilch» genannt werden darf. Viele weitere Vorschläge für den Präsentkorb auf www.transgen.de.

++ Die aktuelle Genmais-Karte von Greenpeace. Wir kreuzen Ausflugsziele an. Dazu bieten wir ein Musterbuch für unsere Trampel-Aktion, etwa *Die Kraft der Kornkreise*, *Das Geheimnis der Korn-*

kreise oder *Die Botschaft der Kornkreise* mit vielen schönen Abbildungen.

+ Ein Foto eines beliebigen Schafes, signiert mit «Deine Dolly».

Böse Sprüche für gute Menschen

«Der Deutsche wollt als Arier seit je die Welt erretten. Heut heißt er Vegetarier und schmiedet Lichterketten.» *Thomas Gsella, Lyriker*

«Des Nachbarn Garten wird verbessert, wenn dein Hund ihn täglich wässert.» *Wolfgang Neuss, Kabarettist*

«Warum haben die Naturschützer mit den Nazis gemeinsame Sache gemacht? Weil die Ideen der Naturschützer in mehrfacher Beziehung anschlussfähig waren an das Ideologienkonglomerat der Nazis.» *Jürgen Trittin, Politiker*

7. Sie leiden an Vogelgrippe

Gute Menschen leiden an Seuchen, an Geflügelpest, Lassa, Ebola oder Sars, auch am Comeback der Pocken, am liebsten aber an Killerviren und Killerkeimen. An allem, was dicke Schlagzeilen macht. Sie leiden natürlich nicht real daran. Aber virtuell, das ist viel schlimmer.

Sie leiden im Voraus, wenn die Seuche noch ganz weit weg ist und deshalb bedrohlich groß wirkt. Denn wenn die Pockenangst umgeht, wenn ein «sprunghafter Anstieg beim Dengue-Fieber» bejubelt wird oder wenn feierlich das «Donaudelta unter Quarantäne gestellt» werden soll, dann tritt ein berühmtes Wunder in Erscheinung: das Tur-Tur-Phänomen.

Herr Tur Tur heißt der Scheinriese in Michael Endes Roman *Jim Knopf*. Je weiter der Scheinriese entfernt ist, desto größer und bedrohlicher wirkt er. Betrachtet man ihn ganz real und von nahem, ist er enttäuschend klein. Genauso ist das bei unseren liebgewordenen Seuchen. Sie zeigen sich als schattenhafte Monster am Horizont.

Und dort bleiben sie auch. In Hongkong wird jemand ins Krankenhaus geschafft, in Europa werden «drastische Schutzmaßnahmen» vorbereitet und «Eilverordnungen zu weitergehenden Maßnahmen» beschlossen. Sie sind nicht nötig, aber jeder Gutmensch findet es gruselig spannend, darüber zu lesen. Nicht der Virus verbreitet sich rasch und grenzübergreifend, sondern das Gerücht.

Die fernen Seuchen kommen selten real in Europa an. Aber sie werden übertragen von Fernsehsendern und Zeitungen, die Quote machen müssen. Das kann nur mit Titeln gelingen, die gute Menschen gern lesen: weltweite Bedrohung, mysteriöses Virus, extrem gefährlich, neuer Erregerstamm, ungenügende Impfstoffvorräte, Masterplan gegen Killerkeime, alarmierende Verdachtsfälle, Panik auf der Isolierstation.

«Die Seuche gefährdet auf dramatische Weise das fragile Netzwerk der globalen Wirtschaft», erfuhren glückliche Gutmenschen anlässlich asiatischer Sars-Fälle im *Spiegel*. Die Seuche rächt sich an der globalen Wirtschaft! «Existenzbedrohend könnte es für Börsen und Banken werden: Sollten Händler erkranken, müssten die Handelssäle sofort geschlossen werden. Auch ohne solche Verbote kommen überall auf der Welt die Geschäfte zum Erliegen, weil die Angst vor dem mysteriösen Lungenvirus grassiert.»

Na, vielleicht klappt's beim nächsten Mal. Damals, im Frühjahr 2003, wurde ein britischer Seuchenforscher besonders gern zitiert, der eine halbe Million Tote in Europa prognostizierte. Am Ende waren es achthundert Tote, aber nicht in Europa, sondern in Asien. Es gibt so viele Enttäuschungen für Gutmenschen!

Die nächste Hoffnung erweckte die Vogelgrippe: Sie sollte den Verantwortlichen – im Zweifelsfall den Amerikanern – zeigen, dass es so nicht mehr weitergeht.

«Vogelgrippe gefährlicher als Sars!», hieß der Slogan. Auch daraus wurde nichts. Umweltverbände forderten, «die Vogelgrippe muss wie BSE Anlass sein, eine artgerechte und diversifizierte Landwirtschaft zu fördern». Klingt gut, aber die Vogelgrippe gab es schon in den goldenen alten Zeiten artgerechter Landwirtschaft, vermutlich sogar, bevor es Menschen gab. Keine Bauernlobby hat Schuld daran, kein krakenhafter Konzern hat seine Finger drin. Schade eigentlich.

Und was BSE betrifft: Der Hinweis ist wertvoll. Denn auch aus BSE ist skandalös wenig geworden. Werden es die Pocken schaffen, die guten Menschen in ihrem Leiden und ihren Schuldzuweisungen zu bestätigen? Vermutlich nicht. Aber es schadet ja nichts, schon mal Alarm zu schlagen. Im russischen «Vektor-Institut» sind 120 Pockenviren-Stämme vorrätig, isoliert natürlich, in den «Centers for Disease Control» in Atlanta sogar 461.

Könnte das nächste Virus nicht vielleicht aus einem Labor stammen? Vom CIA? Könnte ein Terrorist einen antibiotikaresistenten Stamm in die Finger kriegen? Einer, der dann als Kamikaze-Urlauber in westliche Länder reist? So wie der legendäre einheimische Liebhaber, der einer Touristin zur Abreise ein Geschenk überreicht, das sie erst zu Hause öffnen soll. Tut sie auch. Es enthält den Zettel: Welcome to the Aids-Club. Super!

Gleichwertig ist die Sage, im späten Mittelalter hätten die Tataren das Blutplasma von Pockenopfern mitgeführt, gut verpackt, um es bei Belagerungen einzusetzen. Einen historischen Beleg für die Story gibt es nicht, doch man hört sie gern. Wie man alles aus dem Gruselkabinett mysteriöser Seuchen gern hört. Gute Menschen brauchen gute Geschichten, und die seien ihnen auch gegönnt, zum Weiterträumen.

Bosheiten für Gutmenschen

++ Die Auswahl des Grabspruches

Die Seuche rückt näher. Welche? Egal. Irgendeine ist immer aktuell. Unser Gutmensch sollte also rasch die Frage seines Testamentes klären und einen Erben küren. Falls wir noch nicht für diese Position vorgesehen sind, können wir uns ihr schnell noch spielerisch nähern. Zum Beispiel mit dem bereits in der Antike beliebten Quiz: «Wie soll dein Grabspruch lauten?» Auch aus Urlaubsbekanntschaften und langweiligen Gästen lässt sich mit diesem Spiel noch ein bisschen Lebendigkeit herauskitzeln. Hier ist eine Auswahl berühmter Grabinschriften. Welche, fragen wir, würde zu dir passen? Was meinst du? Und warum?

- Es ist dunkel hier.
- Er starb zu spät.
- Aus steuerlichen Gründen vorübergehend verstorben.
- Der Weg in die Ewigkeit war verblüffend kurz.
- Trauert nicht! Schiebt mir lieber einen Luftschlauch runter!
- Jetzt blicke ich nicht mehr durch.
- Eigentlich wäre ich lieber woanders.
- Jetzt liegt ein Stein auf seinem Herzen, auf meinem keiner mehr! Die dankbare Gattin.
- Wenigstens starb er nicht fürs Vaterland.
- Wer diesen Text ohne Brille lesen kann, steht auf meinem Grab.
- Wanderer, stehe still und schäme dich, dass du noch lebst!
- Mögen wir uns niemals wiedersehen!
- Der hier liegt in diesem Grabe, hat versoffen all sein Habe.
- Wanderer, fliehe fort von hier! Sonst steht sie auf und zankt mit dir!
- Trauer kann dich nicht zum Leben zurückrufen, Freude zum Glück auch nicht.
- Die meisten Menschen werden erst nach ihrem Tod sympathisch. Auch du.

- Hier ruhen meine Gebeine. Ich wollt, es wären deine.
- Ich bin drin!
- Besuchszeiten nach Vereinbarung.
- Ungeöffnet zurück an den Absender.
- Elvis / Osama bin Laden / Marilyn Monroe / Graf Dracula

Das gemeine Geschenk

++ Das Buch *Virus-Wahn: Vogelgrippe, Sars, BSE, Hepatitis C, Aids: Wie die Medizin-Industrie ständig Seuchen erfindet*, von Torsten Engelbrecht und Claus Köhnlein, erschienen Juli 2006.

++ Die DVD *Sars – Geißel der Menschheit*, 2003 aus aktuellem Anlass im Discovery Channel gepusht, jetzt zum Schleuderpreis bei eBay zu haben.

++ Die DVD des Films *Sars War – Tod allen Zombies!* Inhalt: Thailand wird von einem neuen Sars-Virus heimgesucht, der seine Opfer in bluttriefende Zombies verwandelt. Niemand ist mehr sicher, überall herrscht Chaos. Die letzte Hoffnung sind zwei furchtlose Schwertkämpfer und ein axtschwingendes Schulmädchen. Genauso wertvoll wie alle anderen Berichte über die Seuche.

Böse Sprüche

«Wer eins mit der Natur werden will, beginnt am besten während einer Naturkatastrophe.» *Bertrand Russell, Philosoph*

«Das liebste Recht jedes Menschen ist sein Recht auf Unglücklichsein.» *Thich Nhat Hanh, Philosoph*

«Ein reicher Mann, der sich guter Gesundheit erfreut, hat unzufriedene Verwandte.» *Silvio Berlusconi, Unternehmer*

«Eine ansteckende Krankheit ist das Einzige, was man weitergeben kann, ohne es zu verlieren.» *Robert Gallo, Virologe*

8. Sie retten Tiere

Gute Menschen mögen Tiere. Am liebsten unschuldige Tiere, die frisch gewaschen auch als Steiff-Tiere durchgehen könnten: Delphine, Pinguine, Elefanten, Nashörner und Giraffen. Oder Störche, die auf dem Schornstein mit dem Schnabel klappern. Tiere mit Humor. Tiere, deren Bürgerrechte dringend in der Verfassung verankert werden müssen.

Aber nicht alle Tiere haben Rechte, denn bei Tieren gibt es echte Rassenunterschiede. Vogelspinnen und Feuerquallen zum Beispiel machen weder einen sonderlich witzigen noch einen humorvollen Eindruck. Wanzen kommen auch nicht gut an. Würmer sind entschieden weniger liebenswert als die Vögel, die von ihnen leben. Piranhas, Hyänen, Ratten, Raubameisen, Kakerlaken – gewiss, das alles sind Tiere, aber selbst den gutesten Gutmenschen interessieren weder ihre Rechte noch ihre artgerechte Haltung.

Kein Tier soll diskriminiert werden, nein, das natürlich nicht. Aber ein Gutmensch muss schon nobelpreisverdächtig gut sein, wenn er nicht ab und zu eine Made zerdrückt, eine Mücke erschlägt oder einer Zecke mit der Pinzette den Hals umdreht. Das Leben mancher Tiere ist einfach weniger wert. Ein Reh mit sanften Augen besitzt deutlich mehr Charme als eine Schildlaus, ein Kätzchen ist ebenfalls charmant, oder ein trällernder Singvogel. Ein Kätzchen, das einen Singvogel vom Baum holt, ist schon ein kniffliger Fall.

Ein kleiner Bär ist nett. Ein ausgewachsener Bär, der einem Naturschützer den Kopf abbeißt, ist nicht ganz so nett. Berühmt geworden ist der Fall des Bärenflüsterers Timothy Treadwell, der unerschütterlich an das Gute im Bären glaubte. Sein Lieblingsbär glaubte ebenso fest an das Gute in Timothy Treadwell, allerdings an das Gute in Form leckerer Eingeweide. Danke, Bärenversteher, und mögen deine Knochen noch den kleinen Bären zum Spielen und Lernen dienen.

Ein Bär, der kleine Lämmer mit ein paar Prankenhieben zerfetzt, gewinnt nicht auf Anhieb Sympathien. Aber wenn er schon ein bisschen länger unterwegs ist und wenn einer ihn Bruno getauft hat, und wenn dann noch Jäger hinter ihm her sind, dann wird er dermaßen knutschelieb und schützenswert, dass Gutmenschen jede Menge Verständnis und Spendengelder aufbringen. Wir erinnern uns dankbar: Gute Menschen stellten Strafanzeigen gegen Brunos Jäger und gegen den diensthabenden Minister, sie kauften Solidaritäts-T-Shirts und trugen sich am Ende auf einer Kondolenz-Website ein. Die Firma Steiff lieferte dazu eine Sonderedition «Bruno – ein Denkmal in Plüsch», einen Braunbären mit Trauerflor.

Robben sind selbst einem Gutmenschen gewöhnlich gleichgültig. Wenn ein Eisbär sie jagt und dann bei lebendigem Leibe häutet, dann möchte ein Gutmensch einfach nicht dabei sein. Hoffentlich war es nicht Knut, der kleine Eisbär aus dem Berliner Zoo, oder Lars aus dem Bilderbuch. Aber der wird ja hoffentlich Vegetarier sein. Weiter. Wenn ein Eskimo oder sonst ein Indianer Robben jagt und ihnen mit einem Knüppel den Schädel einschlägt, weil er ihnen das Fell abziehen möchte, dann ist das bedauerlich, aber ein Gutmensch will möglichst wenig davon wissen.

Schade, dass Indianer so etwas tun, besonders die kanadischen, aber okay, man soll sie ja in ihrer Ursprünglichkeit nicht stören. Aber wenn nun ein Nichtindianer Robben jagt, ein Weißer womöglich, und ihnen auf den Schädel haut, um das Fell abzuziehen? Dann handelt es sich, genehmigte Fangquoten hin oder her, um «Massenmord» und um «rücksichtsloses Schlachten». Dann basteln die Zeitungen Tränen-Überschriften und bringen Fotos von großäugigen Robbenbabys. Dann orten sie den «Holocaust im Eismeer».

Und natürlich gibt es Tiere im KZ. Uneingeweihte Leute nennen das «Zirkus». Dieses Feld haben gute Menschen erst in den letzten Jahren dankbar als Skandal entdeckt. Als Kinder sind sie arglos in den Zirkus gegangen und haben Seehunde und Löwen gesehen und eine Ponydressur. Vielleicht wurde sogar ein Elefant im Kreis herumgeführt. Damals fanden sie das herrlich. Jetzt, als gute Erwachsene, finden sie das ganz schlimm: dass Tiere überhaupt auftreten. Die Auftritte in der Manege seien gar nicht freiwillig, die seien erzwungen, haben die Gutmenschen entdeckt. Und sie rufen dazu auf, solche Auftritte nicht auch noch mit Beifall zu unterstützen. Arme Tiere: «Der Applaus ist der bittere Tod all ihrer Hoffnungen.» So etwas weiß das Manifest der Tierrechtler.

Als jüngst ein Zirkuselefant Arthrose bekam, erkoren ihn Boulevardblätter zum bedrohten Lieblingsgeschöpf. Seine Knieschmerzen wurden Thema von Fernsehdiskussionen. Zur selben Zeit, als das Bundesverwaltungsgericht das Schächten von Tieren zuließ – also die Tötung mit dem Messer ohne Betäubung, konzentrierte sich die Debatte auf die unzumutbaren Zirkuskunststücke von Elefanten, Affen und Leoparden.

Ach, übrigens: In den Zoo gehen gute Menschen schon lange nur noch unter schweren seelischen Schmerzen. Denn dort blüht «die Tyrannei des Menschen über die anderen Tiere». Dort wird den Tieren «Leben, Liebe und Glück verwehrt». Freuen wir uns auf den Tag, an dem der Zoo endlich ohne Tiere auskommt, also wenn er nur noch ein botanischer Garten ist. Dann dürfen gute Menschen ihn wieder ohne Gewissensbisse betreten. Im Zirkus werden sie bis dahin höchstens eine Pudeldressur tolerieren. Eigentlich auch die nicht. Bleibt immer noch der Flohzirkus, den viele gute Menschen bereits bei sich zu Hause eingerichtet haben.

Bosheiten für Gutmenschen

++ Die Erben-Liste. Es gibt eine Forbes-Liste der reichsten Menschen. Und ebenso wird jährlich eine Liste der reichsten Tiere veröffentlicht. Darauf finden sich Schildkröten, Wellensittiche, Affen, Meerschweinchen und Kanarienvögel. Für viele gute Menschen ist das unschuldige Tier nicht nur der beste Freund, sondern auch der einzige Erbe. Der Kater Tinker der kinderlos verwelkten Britin Margaret Lyne erbte von der Lady das Haus nebst Barvermögen, insgesamt rund eine Million Euro. Liebe Nachbarn passen auf, dass es Tinker im leeren Haus gutgeht. Sie erben übrigens, falls er stirbt. Eine südafrikanische Schimpansendame namens Kalu erbte von einem ebenfalls kinderlosen Junggesellen in Kapstadt ein Anwesen im Wert von 60 Millionen Euro. Ein Tierhüter durfte als Diener einziehen. Der Schäferhund Gunther der verblichenen Gräfin Karlotta Liebenstein erbte Villen auf den Bahamas, in Italien und im heimischen Deutschland. Gunthers treuer Butler achtet darauf, dass es in den Hütten an nichts fehlt. «Der schnellste Weg zur Erbschaft führt über das Kuscheltier alter Damen», befand Krimiautor Edgar Wallace. Also los!

++ Die Tierversuchs-Umfrage. Gute und mitfühlende Menschen sind gegen Tierversuche. Jedenfalls, wenn die Versuche Katzen oder Hunde betreffen. Versuche mit Ratten rufen weniger Protest hervor. Tierversuche für Kosmetik sind in Europa verboten, aber den Ratten würden sie vermutlich nicht schaden. Das ist unser Ansatz für unseren guten Menschen. An welchen Tieren würde er oder sie medizinische Versuche erlauben, etwa um Mittel gegen Krebs zu finden? Wir bauen eine kleine Liste: an Ratten? Schlangen? Schweinen? Ochsenfröschen? An Straßentauben? Brieftauben? Friedenstauben? Am kastrierten Kater der dicken Damen nebenan? Zählen eigentlich Lebendfallen für Mäuse zu den verbotenen Tierversuchen? Oder zur erlaubten Selbstverteidigung? Sind Experimente am Pestfloh erlaubt, oder sollte man ihn lieber auf ganz naturnahe Weise die Pest verbreiten lassen?

++ Das Prinz-William-Desaster. Seit Diana gestorben ist, gibt es im englischen Königshaus keinen guten Menschen mehr. Die Queen hat ein kaltes Herz. Ihr Mann ist senil. Charles jagt unschuldige Füchse. Sohn Harry betrinkt sich. Bleibt William. Viele gute Menschen setzen ihre Hoffnung auf ihn. Und nun das: Er hat Bambi erschossen. Nicht direkt das Reh aus dem Disney-Film. Aber eine kleine Antilope, die Bambi bis aufs Haar glich. Eine Tragödie in Ostafrika. William ließ sich von einem Massai-Krieger im Speerwurf unterrichten. Dann geschah das Schreckliche. Gleich das erste Tier, das William erblickte, war eine friedliche Kleinantilope. Er pirschte sich heran, zielte und erlegte das Tier mit einem einzigen Wurf. «Er hob die Beute am Schwanz hoch und schenkte sie mir», berichtet der Massai-Krieger. «Wir essen solche Tiere.» Wir wissen nicht, ob William vom Braten probierte. «Diana wäre entsetzt», erklärte die britische Tierschutzorganisation. Und die Tierrechtlerin Carla Lane erläuterte: «Die Antilope sah wie Bambi aus. Dass unser künftiger König darin schwelgt, Tiere zu ermorden, ist der ganzen Nation verhasst.» Bei der Gelegenheit kam auch ans Tageslicht, dass William bereits mit vierzehn seinen ersten Hirsch erlegt und die Bluttaufe erhalten hatte: Seine Stirn wurde mit dem Blut der Beute beschmiert. Diana, damals noch in blühendem Leben, soll mächtig stolz auf ihn gewesen sein. Auf wen kann ein guter Mensch sich noch verlassen?

Das gemeine Geschenk

Falls der Steiff-Bruno mit Trauerflor zu teuer ist, basteln wir unser Gutmenschen-Geschenk selbst, das schöne Spiel, das schon unsere Großeltern liebten: «Welches Tier gehört zu dir?» Es lässt sich am besten abends in geselliger Runde spielen, doch auch auf ausgedehnten Reisen und während langweiliger Theaterabende. Man erfährt dabei viel über das Denken und Fühlen der Mitmenschen.

Die Organisation «Gerechtigkeit für Tiere» hat speziell für dieses Buch eine Liste von zwanzig benachteiligten Tieren zusammengestellt. Darin geht es also nicht darum, ob jemand ein Katzen- oder Hunde-Typ ist. Die Auswahl der Tiere ist origineller und differenzierter, und die wichtigsten Eigenschaften der Tiere sind genannt.

Also los! Einfach ankreuzen und kurz begründen: Welches Tier gehört zu dir? Und welches möchtest du gern sein?

☐ Eine Ratte, die sozial lebt und als Rattenkönig sogar mit anderen Ratten zusammenwächst.

☐ Ein Koalabär, der seine Kleinen hingebungsvoll mit dem eigenen Kot füttert.

☐ Ein Mehlwurm, der sich streng vegetarisch in Kleie, Mehl und Reis windet.

☐ Eine Röhrenqualle, die sich ohne Sex durch Polypen fortsetzt.

☐ Eine Vogelspinne, die im unrasierten Zustand hübschbehaarte Beine hat.

☐ Ein Nacktmull, der trotz lose und faltig herunterhängender Haut nie zum Lifting geht.

☐ Eine Zecke, die bescheiden nur dreimal im Leben eine Blutmahlzeit zu sich nimmt.

☐ Ein Barsch, der aus praktischen Gründen die eigenen Nachkommen frisst.

☐ Eine Mücke, die ihren Wirt am Schweißgeruch erkennt.

☐ Ein Kuckuck, der aus Bequemlichkeit andere Vogeljunge aus dem Nest drängt.

☐ Eine Made, die gesellig lebt und deshalb im Fleisch gern als Madenteppich auftritt.

☐ Eine Hyäne, die, ökologisch um Entsorgung bemüht, verwesende Tierleichen frisst.

☐ Ein Rattenfloh, der unwillentlich und in aller Unschuld die Pest überträgt.

☐ Ein Hakenwurm, der genügsam im Feuchten lebt, am liebsten in Lunge oder Darm.

☐ Ein Löwe, der als Rudelführer die Jungen seines Vorgängers auffrisst.

☐ Eine Milbe, die in schattigen Nasenlöchern von Vögeln oder am Haaransatz von Menschen lebt.

☐ Ein Skunk, der am liebsten abends die stinkenden Sekrete seiner Analdrüsen versprüht.
☐ Eine Krähe, die sich auf den Kopf eines Lammes setzt, um ihm die Augen auszuhacken.
☐ Eine Schildkröte, die in aller Ruhe ihre eigenen Exkremente verzehrt.
☐ Der Köter des Nachbarn.

Böse Sprüche für gute Menschen

«Wer im Einklang mit der Natur leben will, müsste eigentlich Revierkämpfe ausfechten und den jeweils Schwächeren entweder fressen oder vertreiben. Aber wollen wir wirklich so sehr im Einklang mit der Natur leben?» *Paul Watzlawick, Psychoanalytiker*

«Tiere aus artgerechter Haltung schmecken mir besonders gut.» *Paul Bocuse, Koch*

«Vegetarier leiden nur deshalb keinen Eiweißmangel, weil beim Mähen und Dreschen so viele Hasen, Mäuse und Schnecken mitverarbeitet werden.» *Nikolaas Tinbergen, Verhaltensforscher*

«Bäume und Blumen sprechen zu uns, aber viel zu sagen haben sie nicht.» *Camilla Parker-Bowles, Hofdame*

«Ein Mensch, der Hunde und kleine Kinder hasst, kann nicht ganz schlecht sein.» *W. C. Fields, Komiker*

9. Sie sehen alles als Symptom

Gutmenschen wissen schon seit langem: Die Erde gerät aus dem Gleichgewicht. Die Welt taumelt nur noch so dahin, ihrem eigenen Untergang entgegen. Nur wenn alle Menschen sofort den Rat der Guten befolgen, kann das Schlimmste vielleicht noch ganz knapp abgewendet werden. Nichts ist grausamer für Gutmenschen, als dass andere sorglos dahinleben, Rasen mähen, Eis essen und abends fernsehen. Merken die denn nicht, was passiert? Erkennen sie die Symptome nicht? Nöö. Na, aber nun aufgepasst! Hier sind nur einige von den Symptomen, an denen Gutmenschen zweifelsfrei den Untergang ablesen: Der Frühling beginnt früher, in manchen Jahren allerdings später. Der Golfstrom verlagert sich. Zugvögel fliegen in die falsche Richtung. Regen fällt in größeren und heftigeren Tropfen. Die Quallen nehmen zu, jedenfalls an Gewicht. Der Wind fällt in unberechenbaren Böen ein. Die Erde rotiert unrund. Eine immer größere Zahl von Meereswellen rollt rückwärts. Bislang harmlose Fliegen gebärden sich aggressiv und bekommen Stacheln. Die abendliche Unruhe setzt schon morgens ein. Die Färbung des Mondes hat sich vom gesunden Weiß in ein kränkliches Gelb verwandelt. Marienkäfer überwintern in Fensterritzen, statt sich draußen etwas zu suchen. Es wird schwieriger, überflüssige Pfunde loszuwerden, besonders nach Feiertagen. Die Samenproduktion ist geringer, nur nicht beim Löwenzahn. Haustiere reagieren zunehmend nervös auf Signale im Ultra- oder Infraschall-Bereich. Der nächtliche Juckreiz greift immer weiter in den Tag. Die Algenblüte setzt früher ein, besonders an der Fensterwand im Badezimmer. Der vor Monaten eingefangene Schnupfen endet nie. Vögel hören tagsüber früher auf zu singen, so als wollten sie abends nur noch fernsehen. Der Luftdruck wechselt ruckartig und unangekündigt, vor allem im Autoreifen hinten rechts. Das Winterschlaf-Bedürfnis ist jetzt bereits im Sommer zu spüren. Neue Allergien tauchen auf, meist im Zusammenhang mit unerklärlichen Angstzuständen. Selbst in kühler Jahreszeit kommt es zu extremer Hitze und Dürre, wenn man in der Küche den Backofen anlässt. Das Herbstlaub nimmt völlig fremdartige Färbungen an. Die sexuelle Unlust überträgt sich neuerdings auch auf die Kinder. El Niño ist erstmalig in deutschen Großstädten gesichtet worden. Wenn man nachts wach liegt, hört man es im Gebälk der Kontinentalplatten krachen. Das schlimmste Zeichen für den nahen Untergang: Die Menschen werden gut.

Bosheiten für Gutmenschen

Selbst Gutmenschen, die über Tsunamis, Erdbeben, Wüstenzunahme, Frosteinbrüche, Bergrutsche, sinkende Ernten und steigendes Hochwasser gut informiert sind, können nicht alles wissen. Wir wenden ihren Blick nach oben zur wahren Ursache: in den Himmel. Zu der sonderbaren Bewölkung, die da neuerdings auftritt. Zu den wolkigen chemischen Himmelspfaden. Zu den Chemtrails. Das sind artifizielle Kondensstreifen, die von nicht markierten Flugzeugen heimlich bei Nacht abgesetzt werden. Sie enthalten hochwirksame Zusätze. Zu erkennen sind sie an ihrer Langlebigkeit und an der faserigen Auffächerung in die Breite. Sie laufen parallel oder, noch gefährlicher, im Schachbrettmuster. Enthalten sie Bariumverbindungen? Oder Aluminiumsulfate? Sind sie dorthin gesprüht worden, um den Treibhauseffekt zu kompensieren oder zu beschleunigen? Dienen sie der Geburtenkontrolle oder der Gedankenbeeinflussung? Handelt es sich um langsam niedersinkende, gentechnisch veränderte Bakterienwolken? Sind sie bereits wirksam, schon jetzt, schon hier, in diesem Augenblick, während der unschuldigen Lektüre dieses Buches, dessen Seiten jetzt so sonderbar zu zittern beginnen? Eines ist sicher und auf gruselige Weise beruhigend: Für alle rätselhaften Wendungen des Lebens, für alle Symptome, für die es bislang keine Erklärung gab, könnten sie verantwortlich sein – die Chemtrails.

Das gemeine Geschenk

++ Weil unser Gutmensch nicht untätig verharren will, während die düsteren Meldungen eingehen, überreichen wir ihm eine Urkunde: die Patenschaft für eine Rosskastanie. Wir haben eine Kastanie fotografiert und drucken nun die Abbildung in ein selbstentworfenes Diplomblatt (Beispiele via Bildsuche im Web). Wir beschreiben den Standort der Kastanie und tragen unseren Gutmenschen hochtrabend als Paten ein. Das ist ein schönes Geschenk auch für seine Familie. Denn es gehört nun zu seinen Aufgaben, die Kastanie zu beobachten und über ihr Befinden Buch zu führen. Möglichst regelmäßig. So ein kleines Kastanientagebuch wäre schön. Das erfreut die Familie, weil der Gutmensch jetzt erst mal beschäftigt ist. Ja, er ist sogar zu bestimmten Zeiten verlässlich außer Haus. Richtig viel Freizeit haben seine Freunde und Verwandten, wenn er im Spätsommer beginnt, die Miniermotte zu bekämpfen. Viel Erfolg!

Dergleichen Patenschaften sind ebenso möglich für alle anderen Laubbäume und natürlich auch für Sträucher, Singvögel, Sandkisten, Bäche, Weiher, Wiesenstücke, Uferzonen, Balkonpflanzen und Geschirrspülmaschinen.

Böse Sprüche für gute Menschen

«Leute, die die Umwelt wirksam schützen wollen, begeben sich gefälligst in ein vierzigtägiges Schweigen, und zwar an einen Ort, wo man sie erst Jahre später findet.» *Frank Zappa, Musiker*

«Alles, was gegen die Natur ist, fördert die Gesundheit.» *Queen Victoria, Königin*

«Das Gebirge, wie hassenswert! Ein See, wie langweilig! Die grünen Wiesen, wie abstoßend!» *Thomas Bernhard, Schriftsteller*

«Die Menschheit wird auch weiterhin Fehler machen. Ist es deshalb beständig ‹fünf vor zwölf›? Viel wahrscheinlicher ist es einfach nur zwölf vor fünf.» *Michael Miersch, Autor*

Jetzt werden wir selber gut!

Der Abschluss-Test

Obwohl Sie nicht alles in diesem Kapitel gelesen haben, müssten Sie jetzt blendend informiert sein. Könnten Sie als Gutmensch durchgehen? Beantworten Sie folgende Fragen nach bestem Wissen und Unwissen und rechnen Sie die Punkte ehrlich zusammen. Auswertung am Ende.

1. **Wohin gehört eine verbrauchte Batterie?**
   a) In den Altglascontainer (1 Punkt)
   b) In den Briefkasten des Nachbarn (2 Punkte)
   c) In den Briefkasten der Post (3 Punkte)

2. **Warum ist Recycling-Papier so grau?**
   a) Weil es von Biobauern gezüchtet wurde (3)
   b) Weil es zu wenig Tropenholz enthält (2)
   c) Weil in Biofabriken seltener sauber gemacht wird (1)

3. **Wie können Sie eine kleine Wiese am besten schützen?**
   a) Durch recyclebaren Abfall (2)
   b) Durch Bebauung mit Solarhäusern (3)
   c) Durch Düngung mit eigener Gülle (1)

4. **Wer ist mehr denn je vom Aussterben bedroht?**
   a) Die Dinosaurier (3)
   b) Die Gorillas (1)
   c) Tante Karin (2)

5. **Wie können Sie sich unbemerkt an Wohnungsnachbarn rächen?**
   a) Indem Sie einen Mikrowellenherd an der Wand zum Nachbarn aufstellen (1)
   b) Indem Sie Ihr Fernsehgerät mit der Rückseite Richtung Nachbarn strahlen lassen (3)
   c) Indem Sie die schnurlose Basisstation des Telefons an die Wand zum Nachbarn rücken (2)

6. **Welche Methode der Umweltberatung ist am unbeliebtesten?**
   a) Telefonische Einzelberatung (2)
   b) Vorträge und Kurse in Schulen und Kindergärten (1)
   c) Spontane Ansprache in der Fußgängerzone (3)

7. **Wohin bringen Sie Holzabfälle mit Imprägnierungen, Farben oder Beschichtungen?**
   a) Zu Leuten, die einen Kamin haben (1)
   b) Auf den Abenteuerspielplatz (2)
   c) Zu Tante Karin, damit es schneller geht (3)

8. **Wie können Sie Wasser sparen?**
   a) Indem Sie Wegwerfgeschirr benutzen, das man nicht zu spülen braucht (2)
   b) Indem Sie seltener aufs Klo gehen (3)
   c) Indem Sie dort die Spülung nicht betätigen (1)

9. **Wo ist Abfall am nützlichsten?**
   a) Auf dem Autobahnparkplatz (3)
   b) In der Müllverbrennungsanlage (2)
   c) Im Garten des Nachbarn (1)

10. Eine Milchkuh verursacht mit ihren Rülpsern beim Wiederkäuen 115 Kilogramm des Treibhausgases Methan pro Jahr. Was muss ein Mensch trinken, um an einem einzigen Abend dieselbe Menge Rülpsgas auszustoßen?

a) Eine Flasche Bionade (1)
b) Ein halbes Glas Mittelstrahlurin eigener Produktion (3)
c) Sechs Liter Bier (2)

10–16 Punkte: Sie halten sich für kritisch, kreativ, konsensfähig und engagiert. Aber Sie haben nicht mal das Zeug zum Kreuz- und Querdenker. Sie bekommen den kostenlosen «Blauen Engel» für umweltverträgliche Menschen. Tragen Sie ihn auf der Stirn und lassen Sie sich nie wieder hier sehen.

17–23 Punkte: In Ihren Tagträumen sind Sie unbequem, authentisch, unangepasst, glaubwürdig und sensibel, in der Realität total öde. Wenn Sie sich lange genug den Naturgewalten aussetzen, könnte aus Ihnen vielleicht noch eine Art fossiler Energieträger werden. Wechseln Sie möglichst bald Ihren Wasserfilter.

24–30 Punkte: Sie sind betroffen, nachdenklich, wandlungsfähig und zukunftsorientiert. Kurz, Ihre dumme Klappe sollte mit einem Biosiegel zugelötet werden. Wenden Sie sich dazu an den zielgruppenspezifischen Beamten im Referat «Hygiene» der Umweltbehörde und lassen Sie sich umweltschonend entsorgen.

Noch nicht gut genug? Allerletzte Tipps

In den Krieg ziehen

Der Krieg, erzählt Magnum-Fotograf Luc Delahaye, führt zum Einswerden mit der Natur. «Als Sohn aus bäuerlichen Verhältnissen fühlte ich mich einst der Natur eng verbunden, bin aber seit meiner Flucht von zu Hause zum Stadtmenschen geworden. Unterwegs in

Kriegssituationen lernte ich die Natur wider Erwarten schätzen. Weil man auf dem Boden kriecht. Weil man draußen in den Wäldern schläft. Weil man sich ganz einfach ernährt und weil man das Wasser dort trinkt. Weil man zu einem elementaren Leben zurückkehrt.»
Öko-Urteil: sehr gut!

Gefriertrocknen lassen

Die Kompostierung im Sarg würde zu lange dauern. Verfügen Sie deshalb testamentarisch, dass Sie mindestens schadstofffrei verbrannt werden. Das Einäschern erfordert allerdings rund fünfzig Liter Öl pro Kunde. Wünschen Sie sich deshalb die neue angelsächsische Methode: Ihr schöner Körper wird, auf Wunsch erst nach Ihrem Tod, bei minus 196 Grad Celsius gefriergetrocknet und dann zu einem geruchlosen Pulver verarbeitet. Von ihrem achtzig Kilo schweren Körper bleiben zwanzig Kilo harmloses Pulver, das als Düngemittel in Entwicklungsländer gespendet wird. Gegen den Hunger.

Sieben böse Geschichten für Umwelt-Gutmenschen

Die folgenden Geschichten lesen wir an einem gemütlichen Abend den Gutmenschen unter unseren Freunden vor. Anfangs werden sie beim Zuhören wohlmeinend mit dem Kopf nicken. Aber nur am Anfang. Die Geschichten nehmen eine ungewohnt unmoralische Wendung. Man könnte sie glattweg böse nennen.

Die drei Frösche

Alte Fabel

Es waren einmal drei Frösche, die fielen in ein Fässlein Sahne. Als sie nicht wieder herauskonnten, sagte der erste: «Die Hoffnung stirbt zuletzt, wir warten am besten, bis jemand kommt.» Er schwamm so lange im Kreis, bis seine Nasenlöcher von der Sahne verklebt waren, und ging unter. Der zweite sagte: «Tja, da kann man wohl nichts machen; ich gebe mich Gott und seinem unerforschlichen Ratschluss hin!», und ging ebenfalls unter.

Der dritte aber sagte: «Ich werde strampeln, man kann nie wissen!» Und so strampelte er stundenlang. Plötzlich spürte er etwas Festes unter seinen Füßen. Er hatte Butter aus der Sahne gestrampelt! Nun kletterte er auf den Butterkloß und sprang hinaus.

«Na, prima», sagte der Koch, der ihn auffing. «Solche sind die Besten. Achte stets darauf», wandte er sich zu seinem Lehrling. «Nur die Frösche, die Sahne zu Butter treten, sind zum Verzehr geeignet. Weil sie die stärksten Schenkel haben. Schenkel, die wir knusprig servieren. Reiß sie ihm aus.» Und die Schenkel des Frosches wurden in der Butter gebraten, die er selbst gestampft hatte.

Gib auch du niemals auf!

Häuptling White Cloud und die Wölfe

Sage der Hopi

Es war in der Zeit, als der Westen Amerikas noch den Ureinwohnern gehörte und die alte Weisheit von allen Stämmen geachtet wurde. Da geschah es, dass in der Nähe eines Hopi-Dorfes Wölfe gesichtet wurden. Die verängstigten Einwohner schickten nach dem weisen Häuptling White Cloud. Und Häuptling White Cloud machte sich auf den Weg. Sieben Tage lang ließ er sich Nacht für Nacht auf den

Gräbern der Ahnen nieder und saß unbeweglich in tiefer Meditation. Und siehe, die Wölfe verschwanden.

Die Dorfbewohner jubelten. Sie zündeten ein Feuer an. Sie führten Freudentänze auf. Und sie baten den weisen Häuptling, ihnen die geheimen Riten zu offenbaren, die er vollführt hatte, auf dass sie in Zukunft das Gleiche tun könnten.

«Geheimer Riten bedarf es nicht», erwiderte White Cloud lächelnd. «Ich saß einfach in Meditation. Während ich in meiner Mitte ruhte, versammelten sich die Wölfe um mich. Sie knurrten. Sie fuhren mir mit ihrer rauen Zunge über das Gesicht. Sie schnupperten an meiner Kehle. Ich spürte die Schärfe ihrer Zähne. Doch weil ich in rechter innerer Ruhe verharrte, wurde ich nicht gebissen.»

«Stattdessen haben sie mein Kind gefressen!», rief eine Frau aus dem Nachbardorf.

«Du hattest nicht die rechte innere Ruhe!», sprach White Cloud und verneigte sich lächelnd.

«Und mir haben sie meine Frau zerrissen!», rief ein Mann aus einem anderen Dorf.

«Was für den einen schlecht ist, ist für den anderen gut», sprach der Weise und ging seines Weges.

Die kleine Schraube

Philippinische Fabel

In einem großen Schiff gab es einmal eine kleine Schraube, die mit vielen anderen kleinen Schrauben zwei große Stahlplatten miteinander verband. Leider war es dieser kleinen Schraube etwas zu eng. Und so begann die kleine Schraube, mitten auf dem Atlantik, sich ein wenig zu strecken und zu schütteln, damit ihr etwas leichter zumute würde. Das gelang auch – doch wurde sie dabei so locker, dass sie herauszufallen drohte!

Da sagten die Nachbarschrauben zu ihr: «Ey – wenn du rausfällst, dann hauen wir auch ab!» Und die Stahlnägel unten am Schiffsrumpf erklärten: «Uns wird es auch zu eng, wir lockern uns auch mal ein bisschen.» Als die großen Stahlträger das hörten, riefen sie: «Um Gottes willen, bleibt; wenn ihr nicht mehr haltet, dann ist es um uns geschehen!»

Und das Gerücht von dem Vorhaben der kleinen Schraube verbreitete sich blitzschnell durch den riesigen Körper des Schiffes. Es ächzte und bebte in allen Fugen. Da beschlossen sämtliche Rippen und Platten und Schrauben und auch die kleinsten Nägel, eine gemeinsame Botschaft an die kleine Schraube zu senden, sie möge doch bitte bleiben, denn sonst würde das ganze Schiff bersten und keine von ihnen die Heimat erreichen.

Das schmeichelte dem Stolz der kleinen Schraube, dass ihr solch eine Bedeutung beigemessen wurde, und sie ließ sagen, ja, sie wolle bleiben und es dürfe ruhig eng sein. Die anderen freuten sich und machten sich ein wenig breiter. Und so kam es, dass am Ende der Reise das Schiff heil blieb, aber die kleine Schraube zerquetscht war. Alle anderen aber waren froh. Und das war und ist die Hauptsache. Denk dran, wenn es dir mal zu eng wird: Es geht ums große Ganze.

Das Mädchen und die Seesterne

Brasilianische Legende

Einst wanderte ein alter Mann gedankenversunken am Meeresstrand entlang. Es war Herbst, und der Wind blies. Niemand sonst schien unterwegs. Doch in einer Bucht entdeckte der Alte ein junges Mädchen, das eifrig am Wellensaum auf und ab lief.

In der Nacht zuvor hatte der Sturm Tausende von Seesternen ans Ufer geschwemmt. Da lagen sie nun, trocknend, auf dem dunklen

Kies. Und was tat das Mädchen? Es hob einen Seestern nach dem anderen auf und warf, so viel es konnte, zurück ins Meer.

«Warum tust du das?», fragte der alte Mann. «Hier liegen unendlich viele Seesterne. Wie viel Mühe du dir auch geben magst – du wirst nie fertig werden!»

«Insgesamt haben Sie recht», antwortete das junge Mädchen. «Aber sehen Sie: Diesem Seestern hier ist es nicht egal, ob ich mir die Mühe mache!»

«Auch dem ist es egal», erklärte der Mann. «Denn er ist tot.»

Jetzt schaute das Mädchen genauer hin. Tatsächlich! Nun entdeckte es, dass es lauter Leichen ins Meer geworfen hatte!

«Na?», fragte der alte Mann lächelnd. «Hältst du das immer noch für eine lohnende Mühe?»

Das Mädchen schwieg betrübt. Es wollte sich eben abwenden, da kam ein Strahlen über sein Gesicht. «Aber ja!», rief es in einer plötzlichen Eingebung. «Das Meer begräbt die toten Tiere! Das ist wunderbar. Und Menschen würde es genauso begraben!»

Der Mann soll noch den Kopf geschüttelt haben. Aber aufgetaucht ist er nie mehr. Und das Mädchen war ein paar Jahre später Millionärin. Denn es hatte die Seebestattung erfunden und zum Patent angemeldet, und sein Unternehmen ist heute das größte der Welt.

Merke: Wenn du ein totes Tier ins Wasser wirfst, kommt dir vielleicht auch eine gute Idee!

Die starke Palme

Aus Tunesien

Es war einmal ein Mensch, der konnte nichts Schönes und Gesundes ertragen. Als er in einer Oase einen jungen Palmbaum in schönstem Wuchse fand, nahm er einen schweren Stein und legte ihn der jungen Palme mitten in die Krone. Lachend ging er weiter.

Die Palme versuchte die Last abzuwerfen. Sie schüttelte und bog sich. Vergebens. Sie krallte sich tiefer in den Boden, bis ihre Wurzeln verborgene Wasseradern erreichten. Diese Kraft aus der Tiefe und die Sonnenglut aus der Höhe machten sie zu einer königlichen Palme, die auch den Stein emporstemmen konnte.

Nach Jahren kam der Mann wieder, um sich an dem Krüppelbaum zu erfreuen. Da senkte die kräftige Palme ihre Krone, zeigte den Stein und sagte: «Ich muss dir danken. Deine Last hat mich stark gemacht.»

«Wunderbar!», sagte der Mann. «Und ich muss dir danken, denn ich soll meinen Geschäftspartnern einen prächtigen Palmbaum liefern! Und siehe da, du bist es!» Und er fällte die Palme.

Seither legt man in Tunesien den Palmbäumen Steine in die Krone. Das hat noch jeder Palme gutgetan, und manchmal auch den Menschen, die unter Palmen schlafen.

Der Kletterfrosch von Ulm

Schwäbische Fabel

Vor nicht langer Zeit gab es in den Donau-Auen eine Schar von Fröschen, die wollten einen Wettlauf machen. Ihr Ziel war hoch. Sie wollten die Turmspitze des Ulmer Münsters erreichen. Am festgelegten Tag versammelten sich unzählige Zuschauer, um den Wettlauf zu erleben und die Frösche anzufeuern. Die Frösche stellten sich am Fuß der Treppe auf.

Unter den Zuschauern glaubte niemand daran, dass sie den Münsterturm erklimmen könnten. «Na, die haben sich was vorgenommen!», lachten die einen. «Bis zur ersten Plattform schaffen sie es, dann sind sie platt!», prophezeiten die anderen. «Der Turm ist schon für Menschen zu hoch», erklärten die Dritten.

Das hörten die Frösche. Und es betrübte sie. Dennoch hüpften sie los. «Das packen die nie!», riefen die Leute. Und weil sie solche Entmutigungen anhören mussten, hüpften die Frösche schon bald ein wenig langsamer. «Viel zu schwierig, unmöglich!», mussten sie von unten vernehmen. Eine Stärkung war das nicht. Sie watschelten nur noch. «Typisch nasse Frösche!», klang der Spott. Und nun krochen einige nur noch. «Wie peinlich!», hörten sie von unten schallen. «Was für Deppen!» Und sie begannen zu resignieren. Ein paar schafften es bis zur ersten Plattform, wenige noch bis zur nächsten. Doch nur ein einziger war da, der kletterte immer weiter.

Was war das für ein Frosch? Warum ließ ausgerechnet er sich nicht entmutigen? Den anderen war längst die Kraft ausgegangen, nur er wollte einfach nicht aufgeben. Mit ungeahnter Energie wuchtete er sich nach oben und erreichte schließlich, was keiner für möglich gehalten hatte: den Gipfel des Turmes! Die Menge raunte. Die Menge gaffte. Die anderen Frösche staunten.

Er winkte von oben. Applaus brandete auf. «Bravo», riefen die Leute nun. «Toll! Unglaublich! Phantastisch!»

Und natürlich wollten jetzt alle wissen, wie er diese unglaubliche Leistung hatte vollbringen können.

«Sag, wie hast du das geschafft?», schrien die Leute. «Was ist dein Geheimnis?»

Der Frosch blähte sich ein wenig auf, damit man ihn vernehmen konnte. «Ganz einfach, ihr Menschen!», rief er nach unten. «Man muss nur unentwegt sein Ziel vor Augen haben! Dann erreicht man es auch! Man muss immer genau wissen, was man will! Der Wille ist es!»

Die Leute unten verstanden. Sie nickten einander zu. Der Frosch hatte recht gesprochen. Alle klatschten. Nur einer rief frech: «Ja, und was willst du da oben?» Der Frosch antwortete: «Schluss machen!» Und er sprang hinunter. Diesmal klatschte auch er.

Und die Moral von der Geschichte? Egal was die Leute reden, denke immer daran: Auch du kannst es schaffen, wenn du es dir nur fest genug vornimmst!

Sende diese Nachricht an zehn Personen, die du magst, und an 25 Personen, die du nicht magst. Sie wird auch ihnen Mut machen!

Irischer Reisesegen

Ausgezeichnet mit dem internationalen Ökologie-Preis

Möge der Weg sich gegen deine Schritte sträuben,
Möge der Sturm dir ins Gesicht fahren,
Möge die Sonne deine Felder zu Asche verbrennen,
Möge der Regen deine Saaten ins Meer spülen,
Und möge, bevor wir uns wiedersehen,
Der Teufel dich mit seiner Großmutter vermählen.

So nerven Friedens-Gutmenschen

Es ist leider Krieg», schrieb der Poet Matthias Claudius. «Und ich begehre, nicht Schuld daran zu sein.» Matthias Claudius war ein guter Mensch. Vielleicht ein bisschen zu bescheiden. Denn er begehrte, nicht schuld am Krieg zu sein. Doch ein Gutmensch muss sich nicht wünschen, unschuldig zu sein. Er weiß, er ist unschuldig. Und zum Glück weiß er auch gleich, wer schuldig ist. Falls er es mal nicht weiß, ruft er nach den Verantwortlichen.

Ein guter Mensch ist verantwortungsbewusst, das ja. Aber verantwortlich sind andere. Zum Beispiel für alles, was den Frieden des guten Menschen stört. Ein guter Mensch ist für den Frieden. Und umgekehrt: Ein Mensch, der für den Frieden ist, ist gut. So einfach ist das.

Sind Sie nicht für den Frieden? Na, aber hallo! Und ich bin es ebenfalls. Deshalb sind wir, Sie und ich, schon mal ziemlich gut!

Erleichterung. Aber jetzt noch ehrlicher und ganz persönlich: Haben wir uns nicht sogar mal auf einer Demo getroffen? Gegen den Krieg? Moment, mal überlegen – war es eine «Schwerter-zu-Pflugscharen»-Demo? Nein, dafür sehen Sie zu jung aus. Zwar stimmt es: Sie wollen nicht mit dem Schwert kämpfen; aber stattdessen mit einer Pflugschar zu pflügen, dazu hätten Sie ebenfalls keine Lust, stimmt's? Geht mir genauso.

Also, dann war es eine Demo für ein kleines Volk gegen eine Weltmacht, ja? Die Demo gegen den Irakkrieg und gegen Bush! Ist auch schon eine Weile her. Aber wenn ich nicht irre, haben Sie damals einen blauen Luftballon mit aufgemalter Friedenstaube fliegen lassen. Das war nicht schlecht! Außerdem trugen Sie eine Plakette mit dem Aufdruck «Old Europe». Das war ein tapferes Bekenntnis.

Ich war auch gut. Ich habe ein Transparent hochgehalten mit der Aufschrift «Dranbleiben, Che Guerhard!», denn damals war Gerhard Schröder noch nicht im Vorstand der Gazprom und klemmte kleinen Ländern den Hahn ab, sondern war, wenigstens aus wahltaktischen Gründen, gegen den Krieg.

Genauso wie sein Freund Putin. Der führte damals zwar gerade einen Vernichtungsfeldzug gegen die Tschetschenen, aber das war mir persönlich zu weit weg. Ihnen auch? Genau. Im Kongo wurden um die gleiche Zeit ein paar hunderttausend Zivilisten massakriert, in Ruanda soll es eine Million gewesen sein. Aber das wurde erstens nicht live übertragen, jedenfalls nicht zur Hauptsendezeit, und zweitens war Bush nicht dabei. Und gegen diesen Kriegstreiber traten wir ja in erster Linie an, in Berlin, in der Hauptstadt des Friedens.

Oder verwechsle ich das Ganze mit der Fußballweltmeisterschaft? Sind wir, Sie und ich, uns etwa aus diesem Anlass vor dem Brandenburger Tor begegnet, bei der großen Feier? Doch, ja, möglich. Die Stimmung war genauso. Wer hat denn nun eigentlich das «Jahrhundert der Menschlichkeit» ausgerufen? War es Jürgen Klinsmann? Xavier Naidoo? Oder doch Herbert Grönemeyer bei der Friedensdemo? Na, war wohl Herbert. Denn dann sind noch Konstantin Wecker und Restbestände der Kelly Family aufgetreten sowie Reinhard Mey, sodass wir uns bei aller Friedensliebe gefragt haben, ob man nicht diese Leute verschwinden lassen könnte anstelle von Saddam Hussein, so gewaltlos wie möglich, aber so gewalttätig wie nötig.

Es wird einem manchmal schwergemacht, für den Frieden zu sein. Wir verurteilen den Krieg aufs schärfste. Aber nur den großen Krieg, den andere veranstalten. Den Kleinkrieg gegen unseren Nachbarn müssen wir ausfechten, zumal der Nachbar angefangen hat. Auch in unserer Familie tobt ein unterschwelliger Kampf, besonders gegen jene Tante, der wir einen baldigen Wechsel ins Jenseits gönnen und die bislang partout nicht aufgeben will. Wir wünschen ihr alles Gute, besonders für das Verlassen des Körpers. Sind wir deshalb subtil gewalttätig? Nein.

Wir sind keine therapeutischen Weicheier, die nach der Gewaltbereitschaft im eigenen Inneren forschen, zumal diese Gewaltbereitschaft bei uns höchstens auf der Autobahn rauskommt oder an der Supermarktschlange, wenn Demente stundenlang in ihren Portemonnaies wühlen.

Das ändert nichts an unserer Friedensliebe. Wenn wir gute Menschen sein wollen, können wir uns nicht mit Haarspaltereien aufhalten. Es muss uns auch gleichgültig sein, ob aggressives Verhalten in der Evolution angelegt ist, wie Verhaltensforscher behaupten: weil es bei jedem Lebewesen um das Überleben der Art ginge. Wir wollen auch nicht auf die psychoanalytische Behauptung eingehen, aggressive Triebe seien ein Grundbestandteil der Psyche. Nein, danke.

Okay, ein bisschen Aggressivität kann schon mal passend sein, klar. Bei jeder Friedensdemo entsteht binnen kurzem eine mächtige aggressive Stimmung. Allerdings nur gegen die Bösen. Und da ist Aggressivität berechtigt. Selbst die gutesten Gutmenschen müssen doch ein paar Krieger bewundern dürfen!

«Partisanen» zum Beispiel sind für Gutmenschen bewundernswert, weil sie immer in der schwächeren Position sind und stets für die gerechte Sache kämpfen. «Résistance» hört sich auch nicht schlecht an. Oder «Rebellen». Robin Hood und seine Rebellen gegen die Obrigkeit, solch urige Typen sind gut; zumal sie auch mal lustig sind und Obrigkeit immer schlecht gelaunt ist. Fidel Castro war auch okay, solange er noch nicht dement war und die Uniform ihm stand.

Che Guevara natürlich, dem das Altern erspart blieb: Der war und ist und bleibt der Superstar aller guten Menschen. Wäre damals schon der «sexiest man alive» gewählt worden, er wäre es geworden. Mit diesem Typen würden auch Gutmenschen glatt auf den Kriegspfad gehen, zumindest für ein paar Tage. Ach, übrigens Kriegspfad: Indianer sind ebenfalls gut, wenn sie kämpfen. Am Ende rauchen sie medizinmännlich die Friedenspfeife und leben wieder im Einklang mit der Natur.

Also: Ein paar einsame Krieger und kämpfende kleine Völker dürfen Gutmenschen loben und können sich trotzdem oder gerade deshalb als gute Menschen fühlen. Böse sind immer die Großen, besonders wenn sie wie Spielverderber auftreten und technisch überlegene Waffen auffahren. Die Römer zum Beispiel gegen Asterix und Obelix. Und heutzutage die Amerikaner oder wenigstens deren Führer. Großbritannien ist auch immer schwer verdächtig, ebenso Frankreich mit seiner alten Liebe zu Atombombentests.

Die Deutschen – die guten unter ihnen – sind friedlicher. Hören wir dieses Bekenntnis eines unserer berühmtesten Kanzler: «Deutschland will den Frieden aus tiefinnersten weltanschaulichen Überzeugungen. Wenn man sagt, dass dies nur der Wunsch der Führung sei, kann ich darauf folgende Antwort geben: Wenn nur die Regierenden den Frieden wollen, die Völker selbst haben sich noch nie den Krieg gewünscht! Die Art unserer neuen Verfassung gibt uns die Möglichkeit, in Deutschland den Kriegshetzern das Handwerk zu legen. Möge es auch den anderen Völkern gelingen, der wahren Sehnsucht ihres Inneren mutigen Ausdruck zu verleihen!»

Genau. Richtig erkannt. «Stresemann hätte keine sanftere Friedensrede halten können», notierte ein Sozialdemokrat über dieses Bekenntnis. Doch der gute Mensch, der es ablegte, vor etwas mehr als siebzig Jahren, hieß Adolf. In diesem Kapitel drucken wir einen größeren Abschnitt seiner Friedensrede ab, weil sie typisch ist für ein schlichtes Phänomen: Es ist so herrlich einfach, sich zum Frieden zu bekennen. Es bringt so wundervoll rauschenden Beifall. Und so ein gutes Gefühl.

Das, was jemand sagt, steht nicht unbedingt im Einklang mit dem, was er denkt. Vielleicht sogar nie. Denn das, was jemand sagt, verfolgt immer einen Zweck. Wenn jemand sich zum Frieden bekennt, möchte er, dass andere ihn für einen vorbildlichen und liebenswerten Menschen halten. So wie Sie das möchten. So wie ich das möchte. So wie Hitler sich das wünschte.

Man muss vielleicht noch etwas mehr tun, um den letzten deutschen Reichskanzler an Güte und Menschenfreundlichkeit zu überflügeln. Gutmenschen haben sich da schon ein paar Sachen einfallen lassen. Ob sie es wohl schaffen?

21 scheußliche Dinge, die Friedens-Gutmenschen heute tun müssen ...

... während wir uns entspannen

sich einbringen
Bedenken äußern
ein Zeichen setzen
Tabus infrage stellen
das Undenkbare denken
ergebnisoffen diskutieren
andere mit ins Boot holen
Handlungsbedarf anmelden
Wut und Trauer empfinden
mahnende Stimmen erheben
Nichthinterfragtes hinterfragen
Abscheu und Empörung äußern
Wandel durch Annäherung fördern
die Mauern in den Köpfen einreißen

alles in den richtigen Kontext setzen
Betroffenheit zum Ausdruck bringen
die Menschen da abholen, wo sie sind
offensiv mit den eigenen Ängsten umgehen
liebgewordene Gewohnheiten hinterfragen
skrupellose Geschäftspraktiken anprangern
das Bewusstsein der Verantwortung wecken

Wir wünschen viel Erfolg!

Zehn böse Nachrichten, mit denen wir Friedens-Gutmenschen aufmuntern können

Friedliebende Gutmenschen fühlen sich verpflichtet, gewaltlos und verständnisvoll aufzutreten. Wenn es bei ihnen brodelt, dann unter einem Deckel. Die Unterdrückung der wütenden Energien führt bei ihnen leider oft zu Depression und Handlungsunfähigkeit. Mit den folgenden Sätzen, im Alarmton vorgetragen, können wir lebensmüden Friedens-Gutmenschen den fehlenden Adrenalinstoß versetzen:

1. Du hast einen Brief vom Kreiswehrersatzamt!
2. Die Etats für Kultur und Soziales werden zugunsten der Rüstung gekappt!
3. Auf unserem Fußballplatz sollen am Sonntag Bundeswehrsoldaten vereidigt werden!
4. Die Bundeswehr ist für den Friedensnobelpreis nominiert!
5. Deine Ossietzky-Medaille ist weg!
6. Die UNO stimmt morgen über die nächsten Präventivkriege ab!

7. Die GEZ-Gebühren werden jetzt komplett für neue Tornados verwendet!
8. Israel will im Libanon Atomwaffen testen!
9. Boxkämpfe werden jetzt offiziell als Mittel der gewaltfreien Kommunikation anerkannt!
10. George Bush bekommt den Friedenspreis des Deutschen Buchhandels!

Zehn Fragen, mit denen man Friedens-Gutmenschen den Partner ausspannen kann

Ein Gutmensch findet es herrlich, wenn er andere belehren darf. Wenigstens den Partner, der das Weltgeschehen garantiert nicht richtig durchschaut. Diese leidgeprüfte Person hat schon viele grausame Stunden der Belehrung ertragen müssen. Wir können ihr helfen. Etwa auf einer Fete. Wir flirten mit ihr, mit bestem Gewissen, denn wir können sie erlösen. Wir können ihr das verschaffen, worum es dem Gutmenschen angeblich geht: Frieden. Und damit unser Gutmensch ebenfalls glücklich ist, stellen wir ihm die folgenden zehn Fragen. Es sind sturzlangweilige Fragen, aus denen der Kalk bröckelt. Aber er wird sie gern in aller Ausgiebigkeit beantworten, selbst wenn wir uns schon ganz woanders vergnügen. Bereits die ersten drei Fragen müssten einem guten Menschen für einen gelungenen Abend reichen.

1. Wen hältst du für den schlechtesten amerikanischen Präsidenten aller Zeiten?
2. Wie beurteilst du Auslandseinsätze der Bundeswehr?
3. Was wäre dein Vorschlag für eine Lösung im Sinne der Palästinenser?

4. Was hältst du von den Konfliktlösungsstrategien der Amerikaner?
5. Wo überall im Westen gibt es eigentlich zurzeit politische Gefangene?
6. Wie findest du Michael Moore? Und an wem können wir uns sonst noch orientieren?
7. Was sollten gerade wir als Deutsche beachten?
8. In welchem Land wäre vorbeugende Friedensarbeit jetzt besonders nötig?
9. Meinst du, Militarisierung und Sozialabbau hängen zusammen?
10. Wie stehen die Chancen für eine vollständige atomare Abrüstung?

Tagebuch eines Friedens-Gutmenschen

Was Friedens-Gutmenschen öffentlich verleugnen, kommt im Privatleben ungefiltert zum Ausbruch: Ärger, Geifer, Wut, Gewalt. Mit einem Friedens-Gutmenschen zusammenzuleben, wird sogar von der Unesco als riskant und gefährlich eingestuft. Wir ersparen uns dieses Experiment. Und wir danken der anonym bleibenden Person, die uns ihr Tagebuch zur Verfügung gestellt hat.

6 Uhr. Wow – das tut weh! Waren wohl ein paar Peace-Cocktails zu viel gestern Abend. Liegt das am Gin? Originalrezept aus der UN World Bar: 4 cl Gin, 1 cl Zitronensaft, 1 Spritzer Holundersirup, 2 Tropfen Blue Curaçao, 2 Tropfen Mandelsirup. Nur die Friedenstaube aus weißer Schokolade am Glasrand haben wir weggelassen. Knallte nämlich auch ohne die!

9 Uhr. Schon wieder wach. Gefühl, es ist fünf vor zwölf. Die News.

Sicherheitskonferenz, wenn ich das schön höre! Kriegsplaner umarmen Rüstungsvertreter. Militärische Global Player würfeln neue Präventivkriege aus. Muss gleich mal bei Julia checken, ob unser Friedensessen heute Abend stattfindet.

10 Uhr. Ins Web. Gleich mal wieder bei VoteNoWar.org unterschreiben. Ätzende E-Mail von Florian: Der IG-Metall-Typ, der bei unserem Ostermarsch die Rede «Neue Kriege – neue Armut» gehalten hat, ist festgenommen worden, wegen Korruption. Natürlich bei Daimler. Shit! Werde nie einen Mercedes kaufen.

11 Uhr. Bei eBay läuft gleich mein exklusives Angebot ab: das Autogramm von Heidemarie Wieczorek-Zeul. Vor neun Tagen habe ich's reingestellt, ein Original von 2007, auf der Rückseite des tollen Flugblatts «Krieg muss geächtet werden». Bisher noch kein einziges Gebot! Eine Schande, dieser Mangel an Friedensliebe.

12 Uhr. Arbeite an meinem Protestlied für den nächsten G-8-Gipfel. Leider fällt mir morgens nie viel ein. Habe gedacht an etwas, das man sowohl singen als auch im Chor rufen kann. Etwa: Wir sind hier, und wir sind laut, weil ihr uns den Frieden klaut! Klingt für mich total eingängig. Fragt sich nur, ob es für drei Strophen reicht.

13 Uhr. Erst mal frühstücken gehen. Auf der Treppe das fette Ehepaar Müller. Wollen nach Israel reisen. Dann fordern Sie doch bitte vor Ort ein Ende der Siedlungspolitik und der Besatzung!, sage ich. Kapieren die nicht. Oder legen Sie wenigstens ein paar Blumen an die völkerrechtswidrige Grenzmauer! Wollen sie nicht.

14 Uhr. Ich benutze jetzt zwei Sammelbüchsen: «Ohne Rüstung leben» und «Unsere Stadt muss Friedensstadt werden». Klappere damit eine halbe Stunde durch die Fußgängerzone, dann reicht es auf jeden Fall für McDonald's. Vielleicht sogar für eine neue Gangschaltung, denn die alte zickt. Werde aber nie einen Mercedes kaufen!

15 Uhr. Fotos von unserer Fahrraddemo abgeholt. Blöde, dass es geregnet hat. Dann tauchen drei Viertel der Leute gar nicht erst auf, und es bleiben nur die ewigen Unentwegten: Julia, Sophie, Philipp und ich. Aber auf einem Foto sehen wir super aus, vor unserem Transparent «Für eine Welt ohne Krieg und Militär».

16 Uhr. Im Briefkasten geiles Angebot von Pax Christi: Jugendreise zur Atomwaffenkonferenz in Wien. Nur 75 Euro für eine Woche Übernachtung, Verpflegung, Wien-Ticket! Da könnte ich Laura besuchen! Die Workshops über Atomwaffen und Kampagnenarbeit lasse ich mal aus. Problem: Wie drücke ich mein Alter zehn Jahre runter auf die Obergrenze 25?

17 Uhr. Jetzt ist mir was eingefallen für den Song gegen die G-8-Marionetten: «Sie stört Protest nur, wenn er laut ist. Das ist alles, was sie hören. Sie stört Protest nur, wenn er laut ist, wenn wir auf die Straße gehn!» Reimt sich sogar. Erster Preis für den besten Song wäre ein Reisekostenzuschuss zum G-8-Treffen über 30 Euro, zweiter Preis 20 Euro. Irgendwie mau. Aber alle singen dann mein Lied!

18 Uhr. Stecke Kapitalisten-Müller einen anonymen Zettel hinter den Scheibenwischer: «Ich werde so lange keinen Mercedes kaufen, wie Daimler über Beteiligungen am Rüstungsriesen EADS ins Geschäft mit Streumunition und Raketenwerfern investiert!» Vielleicht semmelt er vor Schreck gegen einen Baum.

19 Uhr. Vortrag im DGB-Haus. «Zwanzig Jahre Ramstein-Katastrophe». Philipp weist nach, dass der Crash damals nur eine Übung der CIA war für die Einäscherung des World Trade Center, die der CIA zusammen mit dem israelischen Geheimdienst organisiert hat. Gewagte These, aber überzeugend. Zum Beweis Vergleichsvideos der beiden Crashs. Verblüffend ähnlich.

21 Uhr. Unsere Aktion am Rathausmarkt: Wir legen eine Friedenstaube aus Teelichtern. Leider ist es ein bisschen windig. Immerhin elf Leute bleiben stehen. Einer davon unterschreibt die Liste für unser Projekt «Stadt des Friedens». Unsere Stadt will friedliebend leben und protestiert gegen die Auslandseinsätze der Bundeswehr. Leichter Regen setzt ein.

22 Uhr. Treffen bei Julia unter dem Motto «Für den Frieden kochen». Spaghetti mit grüner Soße. Wir sind zu viert. Sophie spricht das Tischgebet: «Unser Mitgefühl gilt in dieser Stunde all den kleinen Organisationen, die auf Graswurzelniveau versuchen, Schuld und Versagen aufzuarbeiten und die Grundlagen für echte Versöhnung aufzubauen.» Die Frau nervt.

23 Uhr. Im «Global Village» Livemusik mit der «Peace Family». Wie immer grauenhaft, weil die Boys nicht üben und diese Yoko-Ono-mäßige Frontfrau haben. Ihre Großmutter soll Hiroshima überlebt haben. Weiß nicht, ob das gut war. Denn singen kann die Frau nicht. Andererseits ist das völkerverbindend: Man ist sich einig im Widerwillen.

0 Uhr. Rette mich auf die Straße. Inzwischen gießt es. Vielleicht kaufe ich mir doch nochmal einen Mercedes, verdammt. Just a little peace on this earth! Man wird ja noch träumen dürfen. Ey, und das wäre vielleicht der Song-Text: Ein bisschen Frieden, ein bisschen träumen, und dass die Menschen nicht so oft weinen! Oder hatten wir das schon mal?

1 Uhr. Ziehe mir nochmal die Michael-Moore-DVD rein. Cool gemacht. Aber der Typ scheint ausschließlich von Fritten zu leben. Wird vermutlich bald abkacken. Schade. Seufz. Die Stadt geht schlafen. Jetzt ist Frieden! Nachts! Und von ganz allein! Klinke mich bei «Counter Strike» ein. Brauche jetzt einen mächtigen Shoot-out, sonst kann ich nicht schlafen.

Die neun quälendsten Hobbys der Friedens-Gutmenschen

... und die schönsten Gegengifte

1. Sie geben ihre Stimme ab

Dann gibt es nur eins: Sag nein! Der Dichter Wolfgang Borchert hat das gerufen, und viele gute Menschen haben es ihm seither nachgetan. Borchert war ein guter Mensch, zumal er jung verstarb. Mittlerweile ist es nicht mehr ganz so einfach, nein zu sagen. Mal sehen. Dass es überhaupt deutsche Soldaten gibt, kann einem guten Menschen nicht gefallen.

Also nein. Ein guter Mensch mag keine Uniformen. Zum Verkleiden vielleicht, zum Spaß, zur Parodie, ja. Aber nicht in echt. Nein. Ein guter Mensch ist strikt dagegen, dass Rekruten öffentlich vereidigt werden. Auch wenn sie mal nicht mit Pickelhaube und Stechschritt marschieren: striktes Nein. Er kann auch nicht glauben, dass Soldaten so etwas wie Freiheit und Demokratie verteidigen können. Nein. Eher das Gegenteil. Und dass deutsche Soldaten auch noch im Ausland tätig werden, das muss ihn zutiefst verstimmen.

Abermals nein! Und wenn es von der UNO gefordert wird – dann sollen die Soldaten bitte ohne Waffe tätig sein! Als Sanitäter zum Beispiel. Sie könnten ein paar «Ärzte ohne Grenzen» zum Einsatzort fahren oder ein paar «Reporter ohne Grenzen» zurückholen. Nach Ansicht von guten Menschen dürften deutsche Soldaten keine Munition im Gewehr haben, höchstens eine Nelke im Gewehrlauf. Sie sollten der Zivilbevölkerung beim Hausbau und beim Brunnenbohren helfen und Lebensmitteltransporte überwachen, und zwar möglichst Transporte von biologischen Lebensmitteln. Die Jeeps und die Panzer müssten mit Biodiesel fahren.

Noch besser wäre es natürlich, wenn die Soldaten desertieren würden. Deserteure gelten bei Gutmenschen als die einzigen vorbildlichen Soldaten. Sie können der Unterstützung aller Friedensmenschen sicher sein, die gemütlich zu Hause gegen den Krieg abstimmen. Auf Websites wie VoteNoWar.org oder no-nato.de oder sag-nein.de erklären gute Menschen ihr Nein zum Krieg und erfahren: «Das Mail-Votum wird an alle europäischen Regierungen versandt.» Klingt vielversprechend.

Bosheiten für Gutmenschen

++ Wir melden E-Mail-Adressen unserer Lieblings-Gutmenschen bei www.friedenspaedagogik.de. Fortan bekommen sie regelmäßig die neuesten inspirierenden Informationen über die vielfältigen Möglichkeiten, zu Frieden, Verständigung, Entwicklungszusammenarbeit und Versöhnung beizutragen. Nichts stellt die Friedensliebe härter auf die Probe. Auch schön: www.deine-stimme-gegen-armut.de oder www.attac.de mit Neuigkeiten aus der Globalisierung.

Das gemeine Geschenk

++ Wir überreichen den Bildband *Israels Krieg für den Frieden* über den Sinai-Feldzug, die Befreiung des Westufers und die Eroberung der Golan-Hochebene, 150 extrem informative Seiten mit Fotos, Text in Deutsch, Englisch, Französisch und Hebräisch. Auch gemein: der dreisprachige Bildband *Bundeswehr – 50 Jahre Einsatz für den Frieden.*

Böse Sprüche für gute Menschen

«Den Luxus des Pazifismus können sich nur Leute leisten, deren Sicherheit garantiert ist – durch genügend Kanonen oder ausreichende Entfernung vom Kriegsschauplatz.» *George Orwell, Autor*

«Friedensbewegung? Ich habe jedes Recht, gegen einen Pazifismus zu sein, der, wäre es nach ihm gegangen, immer noch Milošević in Belgrad und die Taliban in Kabul sähe. Und dem die zweihunderttausend ermordeten Bosnier offenbar völlig gleichgültig waren. Nur keine Nato, nur nicht militärisch eingreifen – schöner Pazifismus!» *Ralph Giordano, Publizist*

«Liebe Deutsche, anstatt zu lernen, dass das Böse bekämpft werden muss, habt ihr gelernt, dass Kämpfen böse ist.» *Dennis Prager, US-Kolumnist*

2. Sie lassen Kinder für den Frieden malen

Kinder können grausam sein. Sie hänseln einander, sie verhauen den Schwächeren, sie schließen Behinderte vom Spielen aus. Geschwister gönnen einander nicht das größere Stück vom Kuchen. Kindergartenkinder prügeln sich aus absurden und unerklärbaren Gründen. In der Schule wird erpresst, geklaut, gemobbt. Natürlich nicht immer und von allen. Der kleine Adolf Hitler zum Beispiel war den Rechercheuren zufolge ein außergewöhnlich friedfertiges Kind. Doch die meisten Kleinen sind nicht halb so sanftmütig und gewaltlos, wie ihre Erzieher sie gern hätten.

Das ändert sich schlagartig, wenn sie zu Friedensäußerungen genötigt werden. Dann entstehen aufrüttelnde Briefsammlungen und Kunstausstellungen: «Kinder schreiben an Politiker», «Kinder malen gegen den Krieg», «Kinder sagen Politikern ihre Meinung», «Kinder singen für die Völkerverständigung», «Kinder fordern Politiker auf, endlich Frieden zu machen».

Ist das Kindesmissbrauch? Kann schon sein, aber zweifellos ein legaler. Und für die weitere Verbreitung des Gutmenschentums ist es wichtig, dass Kinder rechtzeitig Lippenbekenntnisse üben. Als Jugendliche sind sie dann schon fit für Größeres.

Während des Balkankrieges bekamen Schüler schulfrei, um mit Farben und alten Laken an die Schulen zu gehen und Handabdrücke zu sammeln, als Mahnung: «Stoppt den Krieg». Die zusammengenähten Laken wurden in den Wind gehängt. Ein Banner wurde der Sekretärin der mazedonischen Botschaft in Berlin übergeben. Sie versprach: «Ich werde den Appell weiterleiten und hoffe, dass er verstanden wird.» Aber ganz bestimmt. Danke.

Bosheiten für Gutmenschen

++ Kinder schreiben an den Weihnachtsmann. Kinder schreiben an den lieben Gott. Kinder schreiben für die Ökologie. Und sie schreiben für den Frieden. Sie schreiben Reines und Gutes, jedenfalls, solange Erwachsene ihnen die Feder führen. Und manchmal schreiben sie auch ohne fremde Hilfe. Im Zweifelsfall drücken sie all das aus, was «die Nöte und Hoffnungen junger Menschen» genannt wird. Aus der neuesten Aktion «Kinder schreiben für den Frieden» zitieren wir die rührendsten Beispiele:

«Ich finde Krieg doof. Die Zivilbevölkerung fand ich nett. Auf Wiedersehen.» *Lucy, 7*

«Lieber Gott! Am Sonntag bin ich leider zu spät zur Kirche gekommen. Ich habe noch ferngesehen von dem Krieg, mit echten Explosionen. Entschuldige, dein Anton.»

«Es ist eine Verschwendung, sagt mein Papa, auch von teuren Raketen und von Munition, und eine Vergeudung von Gewehrkugeln in fernen Ländern, während hier bei uns Herr Friesel immer meinem Vater den Parkplatz wegnimmt und noch nie eine reingehauen gekriegt hat.» *Felicitas, 11*

«Ich finde es einerseits nicht gut, dass es Krieg gibt, aber andererseits wohl. Weil Ekel und Scheusale müssen weg, aber schade ist es trotzdem!» *Paul, 8*

«Lieber Gott, wer hat eigentlich den Krieg erfunden? Warst du es? Ich mag Raketen besonders, wo so Funken rauskommen, bunt und mit Sternen. Danke, deine Sarah.»

«Ich bin total sauer auf Bush und auf alle, die Bomben loslassen, wie auch Niclas bei uns in der Klasse und mitten in der Stunde, wo ich neben ihm sitze, und das stinkt!» *Franz, 8*

«Krieg ist Krieg, und Frieden ist Frieden! Im Krieg müssen unschuldige Menschen sterben, und im Frieden lebt meine Tante Gabi immer noch!» *Laura, 9*

«Sär geherte amikanesche Bräsedent! Kannstu mir was apgeben weil ich kann das gut geprauchen in de Klasse und aufm Fuspallblatz also Bompen untd Schiesgewere?! Viele Grüße, dein Leon.»

«Lieber Gott! Bitte tu doch etwas, dass der Krieg nicht zu uns kommt! Sondern weiter weggeht, also nach China zum Beispiel! Bitte, bitte, danke! Deine Freundin Anna.»

«An den Präserdenten! Hier meine Geheimsprache: SHESLEO CISALTT! Wenn Du das lesen kanns, mach es bald! Sonst frag deine Agenten! Und dann los, aber wirklich alle! Dein Lukas.»

Das gemeine Geschenk

- Ein Frieden-&-Liebe-Poster, aber bitte selbst gemalt, mit Himmel, Sonne und lachenden Gesichtern, mit Bäumen und Friedenstauben, aus den Serien «Kinder malen für den Frieden» oder «Kinder beten für den Frieden», viele Bildvorlagen im Web.
- Wir stellen einen Gipsarm her und versehen ihn mit Kinderzeichnungen und den nachgeahmten Unterschriften von Senta Berger, Günter Grass, Walter Jens, Eugen Drewermann, Horst-Eberhard Richter, Friedrich Schorlemmer, Hans Küng, Christian Ströbele,

Oskar Lafontaine, Konstantin Wecker und Heidemarie Wieczorek-Zeul und ein paar kryptischen Zeichen des Dalai Lama. Beigefügt ist unsere Expertise «Gips des Friedenskämpfers NN.» (hier einen selbstgewählten Namen eintragen), «erworben im Kampf für die Menschenrechte». Statt den Gipsarm zu verschenken, können wir ihn auch online versteigern und vom Ertrag mehrere Wochen Ferien machen.

Böse Sprüche für gute Menschen

«Jedes Mal, wenn ich meinem inneren Kind begegne, bekommt es eine schallende Ohrfeige.» *Anthony Burgess*

«Das Lächeln eines Kindes erinnert auch einen furchtlosen Mann an Alimente.» *Bob Dylan, Sänger*

«Das Vergnügen beim Zeugen eines Kindes verflüchtigt sich bei seiner Erziehung.» *Anaïs Nin, Autorin*

3. Sie sind für den Schwächeren

Wenn schon gekämpft wird, sind Gutmenschen auf Seiten des Schwächeren. Wenn ein Löwe eine Gazelle anfällt, sind gute Menschen für die Gazelle. Es sei denn, sie sind vom Sternzeichen Löwe. Bei Fußballweltmeisterschaften jubeln sie für Trinidad und Tobago. Es sei denn, es geht gegen Deutschland.

Gute Menschen haben nun mal ein Herz für Außenseiter. Ist Amerika ein Außenseiter? Eher nicht. Im Gegenteil. Amerika ist immer der Stärkere. Dann ist die Lagebeurteilung ganz einfach: Jeder, der gegen Amerika Krieg führt, ist der Schwächere und genießt automatisch die Sympathie und Unterstützung aller guten Menschen.

Nehmen wir die Al-Quaida. So gewöhnungsbedürftig ihr Vorgehen zuweilen sein mag, diese furchtlose kleine Vereinigung hat für

Gutmenschen den Charme des Außenseiters. Zumal sie geheimnisvoll aus Verstecken heraus arbeitet. Oder die Bombenleger im Irak – sind ihre Anschläge nicht tapfere Akte des Widerstands? In ihrer Kindheit hatten diese Typen nicht das Glück, in einen Zaubertrank zu fallen. Trotzdem gleicht ihr Kampf dem von Obelix & Friends gegen die tumben Römer, die mit dem Nest der Aufmüpfigen partout nicht fertigwerden.

In solchen Fällen kann Krieg auch Friedens-Gutmenschen richtig Spaß machen! Dass die Römer alias Amerikaner angefangen oder provoziert haben, wird sich immer beweisen lassen. Gute Menschen finden es herrlich, dass es noch freche Gallier gibt auf dieser Welt.

Ach, und gehören nicht auch die Palästinenser dazu? Israel ist stark und nicht gerade unaggressiv, wird obendrein von den Amerikanern unterstützt und ist nuklear bewaffnet. Sollen gute Menschen da auf der Seite Israels sein? Nein, sie hegen Sympathien für verzweifelte Selbstmordattentäter, wenn auch nur insgeheim, weil der Fall da unten ein bisschen unklar ist.

Jedenfalls hat es nie eine Prominentenliste für das lebende Israel gegeben. Eher für tote Juden. Und natürlich gab es jede Menge Appelle guter Menschen für die Verschonung von Saddam Hussein. Es war Strafe genug, dass man ihm seinen Palast geraubt und überdies sein Lieblingshobby genommen hatte, den Massenmord. Er war ohne Zweifel der Schwächere am Ende und daher der Zuneigung aller guten Menschen gewiss.

Denn das Völkerrecht spielt bei ihrer Punktevergabe eine nebensächliche Rolle. Sympathiewerte werden aus dem Bauch heraus verteilt. Und wenn der Stärkere gewinnt und sich dann noch wie ein Sieger gebärdet, dann mag er noch so sehr im Recht sein, bei den guten Menschen hat er jeden Bonus verspielt.

Bosheiten für Gutmenschen

++ Die Schwächeren kommen. Analyse des Sozialforschers Gunnar Heinsohn (*Söhne und Weltmacht*): «Ungefähr 750 Millionen junge Männer in der Dritten Welt, die heute noch Knaben sind, werden in den kommenden 15 Jahren ins Kampfalter treten. 250 Millionen von ihnen werden zu Hause gesellschaftliche Positionen finden, mit denen sie zufrieden sein können. 150 Millionen weitere wird man im Westen unterbringen können. Bleiben etwa 350 Millionen junge Männer, die keine Positionen finden. Die werden ihre Heimatländer destabilisieren. Sie werden sich aufteilen in ‹Kämpfer für die Gerechtigkeit› oder ‹Kämpfer für Gesetz und Ordnung› und Bürgerkriege führen. Ungefähr zehn Prozent der Länder, die ihre Überschüsse an jungen Männern durch Bürgerkriege und Völkermorde abbauen, werden versuchen, über ihre Grenzen hinauszugehen und kleine Reiche zu bilden.» Gute Menschen begleiten sie mit Sympathie.

Das gemeine Geschenk

++ Wir machen ein Kompliment: «Du sieht aus wie Michael Moore!»

++ Ein Gutschein für einen Tag im Drill-Camp. Die Fremdenlegion Frankreichs, die Armeen Britanniens und Nordamerikas locken mit Sonderangeboten für latent aggressive Zivilisten. In Drill-Camps, in denen sonst Elitesoldaten ausgebildet werden, dürfen Schmerzlüsterne einen Tag lang die Torturen des Schleifens kosten.

Beginn am 31. Dezember, ab zwölf Uhr mittags. Nach dem Einkleiden verabreichen geübte Schafscherer den Bürstenschnitt. Von da an werden alle Strecken im Laufschritt zurückgelegt, unter dem Gebrüll von Ausbildern, deren Schläfenadern dauerhaft angeschwollen sind. Es geht – immer mit Gepäck – durch Betonröhren, über Staketen, auf Bäume, an Tauen hoch, über Eskalatierwände, im Schlusssprung in Schlammgruben und hurtig wieder hinaus, unter niedrigem Stacheldraht hindurch und über Schwebebalken, unter denen Moorlöcher blubbern.

Wer lacht oder meckert, darf vortreten und im Staub Liegestütze absolvieren. Das Programm endet gegen Mitternacht mit einem Sprung vom Zehn-Meter-Turm ins Eiswasser. Dann wird gefeiert. «Wer so einen Tag hinter sich hat», erläutert Ex-Green-Beret Robert Jakes, der einen Drillpark in Sachsen eröffnen will, «der tut nichts Böses mehr. Der ist vollkommen friedlich.»

Böse Sprüche für gute Menschen

«Jeden Morgen erwacht eine Gazelle. Sie weiß, sie muss schneller rennen als der schnellste Löwe, oder sie wird gefressen. Jeden Morgen erwacht ein Löwe. Er weiß, er muss schneller rennen als die langsamste Gazelle, oder er wird verhungern.» *Nelson Mandela, Politiker*

«Heute zögert die sentimentale europäische Linke nicht, sich in ihrer Verteufelung Amerikas mit der rassistischen Rechten zusammenzutun und Parolen anzustimmen, die direkt dem Arsenal von Kommunisten und Nazis entnommen sind – Slogans von der ‹Allmacht der Wall Street› bis hin zur ‹jüdisch-zionistisch-kapitalistischen Weltverschwörung›.» *Amos Oz, Autor*

«Die Duckmäuserei des heutigen Europa erzeugt bei den Israeli den Eindruck eines Déjà-vu.» *Shlomo Avineri, Politikwissenschaftler*

4. Sie kochen für den Frieden

Für den Frieden kochen ist gut. Für den Frieden essen noch besser. Privat machen wir das alle schon. Jetzt ist es auch offiziell und öffentlich möglich, etwa im Berliner Sorat-Hotel. Zuletzt wurde dort für den Frieden zwischen Israelis und Palästinensern getafelt. Bei so einem Menü kommt es vor allem darauf an, dass die Gerichte einen menschenfreundlichen Namen tragen und den friedlichen Austausch symbolisieren, wie etwa «Zwetschgenröster mit Schokoladen-Dialog».

Beim letzten Berliner Friedenskochen labten sich die Gäste an «Friedenssuppe» (Kürbis mit Koriander), «Friedensfisch» (mit extramildem rotem Pfeffer) und einem «Peace Delight» (Sorbet aus Rosenwasser). Wer ungern kocht oder Steak lieber blutig isst, kann anschließend immer noch für den Frieden laufen.

Seit zwanzig Jahren wird beim «Peace Run» eine Friedensfackel durch die Welt getragen. «Wir haben beim Weltfrieden schon enorme Fortschritte bewirkt», erklären die Veranstalter, das «International Sri Chinmoy Marathon Team». Beim «Peace Run» genügt es, die brennende Fackel zehn bis zwanzig Meter weit zu tragen. Falls keine Fackel zur Hand ist, lässt sich auch der herbstliche Laternenumzug dem Frieden weihen, wie zuletzt in Köln geschehen.

Lichterketten sind leider ein bisschen aus der Mode gekommen, weil das Stehen immer so mühsam ist. Es geht auch einfacher. Und zwar mit dem stromsparenden Friedenszeichen, auf das ökonomisch fühlende Menschen gekommen sind: Jeden Tag um 20 Uhr wird zwei Minuten lang das Licht in der Wohnung ausgeschaltet. Das ist für alle Nachbarn ein unverkennbares Zeichen. Da jedoch um des Friedens willen niemand geknechtet werden soll, darf die Zeit individuell gewählt werden. Es ist also auch erlaubt, um 21 Uhr das Licht für eine einzige Minute auszuschalten oder um 24 Uhr für acht Stunden. Wer dann obendrein noch schläft, kann durch unaggressive Atemzüge zusätzlich wichtige Zeichen setzen.

Bosheiten für Gutmenschen

++ Die internationale Initiative «Köche für den Frieden» hat einen Aufruf «Gegen Gewalt in der Küche» verabschiedet, den bislang viele Tausende friedliebende Köche unterzeichnet haben. Die meisten kochen vegetarisch. Doch das ist nicht alles, was bedacht werden muss. Hier ein Kernstück der Resolution, das wir unserem Gutmenschen zur Unterzeichnung vorlegen – besonders, nachdem wir bei ihm getafelt haben.

«Ich koche und ich will zum Frieden beitragen. Ich werde

- keine Zwiebeln mehr lebendig häuten;
- nie mehr auf Knoblauchzehen treten noch sie sonst irgendwie verletzen;
- keinem Spargel den Kopf abschneiden;
- die Herzen von Artischocken schonen;
- junge Erbsen niemals mehr der mütterlichen Schote entreißen;
- niemals lebendiges Gemüse in siedendes Öl werfen;
- keiner Kartoffel mehr die Augen ausstechen;
- Kohlköpfe vor Schnittwunden bewahren;
- keiner Tomate oder Paprika die Haut abziehen;
- niemals das Fleisch einer Banane zerquetschen;
- keine Blutorangen mehr verwenden;
- keine Getränke verwenden, für die unschuldige Trauben oder lebendiger Hopfen ihr Leben lassen mussten.»

Das gemeine Geschenk

++ Die Doppel-CD *Sag nein!* oder die CD *Gebt uns endlich Frieden*, live aus dem Dementenheim, in dem Konstantin Wecker, Hannes Wader, Herman van Veen und Bettina Wegner untergebracht sind.

++ Der DDR-Kunstpostkarten-Satz *Grafik für den Frieden*. Er enthält die zwanzig abschreckendsten Beispiele sozialistischer Friedensliebe, leider nur noch antiquarisch zu haben.

++ Wir pinseln die frohe Botschaft «Peace» auf die Rückseite einer alten Jeans unseres Gutmenschen. «Du hast so einen sexy Hintern. Wenn dir jemand draufstarrt, soll er wenigstens für die Lage der Welt sensibilisiert werden.»

Böse Sprüche für gute Menschen

«Menschen miteinander gibt es nicht. Es gibt nur Menschen, die herrschen, und solche, die beherrscht werden.» *Kurt Tucholsky, Autor*

«Solange Krieg als böse gilt, wird er seine Faszination behalten.» *Oscar Wilde, Dichter*

«Die Einzigen, die das Ende des Krieges sehen werden, sind die Toten.» *George Santayana, Philosoph*

5. Sie betreiben Friedensforschung

Deutschland ist das Land der Friedensforscher und Friedenspädagogen. An mehr Universitäten als sonst irgendwo auf der Welt tüfteln Institute für Friedenspädagogik und Stiftungen für Friedensforschung, Arbeitsgemeinschaften, Symposien und Friedenskonferenzen.

Wenn sie nicht mit der Festplanung zu irgendeinem Jahrestag beschäftigt sind, entwickeln sie völkerverbindende Perspektiven und geben wichtige Impulse, bemühen sich um Förderprogramme, verfassen Newsletters, Berichte und Zwischenbilanzen, ringen um die Weiterentwicklung von Stiftungsaktivitäten und Nachwuchsförderungsprogramme für junge Friedensforscher und laden zu Festessen und Friedensgesprächen.

Unter der sozialdemokratisch-grünen Bundesregierung gab es nicht nur einen Rekord an genehmigten Rüstungsexporten, sondern zur Wiedergutmachung auch den ausgleichenden Rekord an Friedensforschung. Der ermutigende Anfang wurde im Oktober 2000 gemacht, als zur Unterbringung arbeitsloser Akademiker die «Deutsche Stiftung Friedensforschung als Stiftung bürgerlichen Rechts» gegründet wurde, und zwar «durch die Bundesrepublik Deutschland, vertreten durch die Bundesministerin für Bildung und Forschung».

Bereits ein halbes Jahr später konnte der Stiftungsrat der DSF zu seiner konstituierenden Sitzung zusammenkommen. Wenige Wochen später nahm die Stiftung ihre Fördertätigkeit auf. Niemand hat seither etwas davon bemerkt, aber sie ist bis heute tätig. «Die Deutsche Stiftung Friedensforschung soll das friedliche Zusammenleben der Menschen und Völker fördern. Sie soll mithelfen, Voraussetzungen und Bedingungen dafür zu schaffen, dass Krieg, Armut, Hunger, Unterdrückung verhütet, Menschenrechte gewahrt und die internationalen Beziehungen auf die Grundlage des Rechts gestellt werden.»

Zweifellos gelingt ihr das, wohl nicht international, vielleicht auch nicht auf nationaler Ebene, auch nicht auf lokaler Ebene, aber auf sogenanntem Graswurzelniveau: Sie schafft ein friedliches Auskommen für ihre Angestellten, Mitglieder und Stipendiaten. Und das ist schon eine Menge! Mögen sie gelegentlich ein Thesenpapier auswerfen und ihre Gelder in Frieden verbraten.

Bosheiten für Gutmenschen

Einer der bedeutendsten Friedensforscher des alten Europa, Sokrates, war ein hingebungsvoller Soldat. Mit Lanze und Schwert kämpfte er im Peloponnesischen Krieg in der griechischen Armee. «Er übertraf alle anderen im Ertragen von Beschwernissen», behauptete sein Schüler Alkibiades. «Wenn wir abgeschnitten waren und fasten mussten, konnten das die anderen längst nicht so gut aushalten wie er. Noch erstaunlicher: Auf dem Feldzug von Poteidaia stand er, in irgendeinen Gedanken vertieft, vom Morgen an auf demselben

Fleck. Um Mittag bemerkten es die Leute, und verwundert erzählte einer dem anderen, dass Sokrates schon seit dem Morgen dastehe und über etwas nachdenke. Als es Abend war, trugen einige ihre Schlafpolster hinaus; so schliefen sie in der Kühle und konnten gleichzeitig beobachten, ob er auch in der Nacht dort stehen bleibe. Und tatsächlich, er blieb stehen, bis es Morgen wurde und die Sonne aufging! Dann verrichtete er sein Gebet.» Bürger wie Sokrates wurden damals nicht eingezogen, sondern marschierten freiwillig in den Kampf – Sokrates als gepanzertes Mitglied der berühmten Phalanx, der lanzenbewehrten Schlachtreihe.

Das gemeine Geschenk

- Wir pflanzen eine klitzekleine Linde im Garten des guten Menschen. So ein Bäumchen hat sich auch das Tübinger Institut für Friedenspädagogik zum dreißigjährigen Geburtstag pflanzen lassen. Wir informieren unseren Gutmenschen: «Die Linde gilt seit alters her als Symbol für das Austragen und Schlichten von Konflikten in der Mitte der Gemeinschaft. Für die Kinder der Umgebung wird deine Linde schon bald als neuer Treffpunkt dienen.»
- Kriegsbegeisterte Bücher wie Ernst Jüngers *Stahlgewitter* sind antiquarisch unverschämt teuer. Wir kaufen die wesentlich günstigeren friedensbegeisterten Bücher, zum Beispiel *Zivilcourage lernen – Analysen, Modelle, Arbeitshilfen* oder Günther Gugels *Gewalt und Gewaltprävention.* Vorsicht in Partnerschaften: Zu viel friedensfördernde Lektüre führt zu gefährlichen Aggressionen.
- Wir überreichen die Dokumentation des Verbandes Deutscher Schriftsteller *Gerhard Schröder und Joschka Fischer für den Friedenspreis des Deutschen Buchhandels.* Die beiden haben den Friedenspreis nie erhalten, umso grausamer lesen sich die Begründungen des Verbandes aus dem Jahre 2003.

Böse Sprüche für gute Menschen

«Die Phrasen von Völkerverständigung, Weltfrieden und Toleranz müssen auch den Gutwilligsten zum Menschenfeind machen.» *Tomi Ungerer, Zeichner*

«Hinter dem Pazifismus der Intellektuellen steckt eine geheime Bewunderung für Macht und Grausamkeit.» *George Orwell, Autor*

«Wer zum Glück in der Welt beitragen möchte, darf keine Rücksicht auf seine nähere Umgebung nehmen.» *Fidel Castro, Revolutionsführer*

«Der Krieg ist wie die Liebe, er findet immer einen Weg.» *Bertolt Brecht, Dichter*

6. Sie mögen Krieg

Niemals fühlen sich gute Menschen so sicher wie während eines Krieges, egal wo er stattfindet. Sie fühlen sich hundertprozentig sicher, dass sie auf der richtigen Seite sind. Auf der Seite des Friedens. Auf der Seite des Guten. Vor dem schwarzen Hintergrund der Feindseligkeiten leuchtet ihre friedlich-freundliche Persönlichkeit strahlend hell. Deshalb brauchen sie den Krieg, wenigstens als Bedrohung. Deshalb beschwören sie ihn und warnen emsig.

Und wenn es partout beim Frieden bleibt? Dann ziehen sie selbst in den Krieg. Natürlich nur im höheren Sinn. Gute Menschen begeben sich auf den Kriegspfad als Bewährungsprobe und als Weg zur Erleuchtung. Dan Millman hat für sie einen Bestseller geschrieben über den *Pfad des friedvollen Kriegers.* Und Kollege Paolo Coelho hat dazu *Das Handbuch des Kriegers des Lichts* geliefert. Freunde des Fernen Ostens wandern den *Weg des Kriegers.*

Eine deutsche Autorin berichtet, «wie ich die Frau eines Samburu-Kriegers wurde», und die Anhänger von Carlos Castaneda schätzen den Meister als «Krieger», was Inbegriff der Meisterschaft bedeutet. Castaneda: «Der grundlegende Unterschied zwischen einem gewöhnlichen Menschen und einem Krieger ist, dass der Krieger alles als Herausforderung begreift, während der gewöhnliche Mensch alles entweder als einen Fluch oder einen Segen nimmt.»

Der Krieger, soll das heißen, ist der schlauere, der weisere, der etwas bessere Mensch. In Ostasien sollen Kampfkünste wie Bogenschießen, Fechten und Schwertkampf zur Erlösung führen. Im indischen Weisheitsepos *Bhagavad-Gita* wird der Held belehrt, dass er kämpfen und töten muss, selbst wenn er dabei Freunde und Verwandte umbringt. Leben sei jenseits und unabhängig von körperlicher Erscheinung.

Licht- und Friedens-Komponist Karlheinz Stockhausen bewunderte die Terroranschläge auf das World Trade Center als «optisch atemberaubendes Kunstwerk», und die Reporter ohne Grenzen ziehen in den Krieg, weil sie die gesteigerte Intensität des Lebens suchen. Kriegsfotografen wie der Magnum-Star Luc Delahaye, deren Bilder eigentlich als Abschreckung gefeiert werden, bekennen auf genaueres Nachfragen, wie fasziniert sie vom Krieg sind.

«Ich habe den Reichtum und die Schönheit des Krieges kennengelernt», erklärt Delahaye. «Die meisten Fotojournalisten behaupten von sich, sie übten diesen Beruf aus, weil dadurch eine breite Öffentlichkeit von den Problemen in bestimmten Teilen dieser Welt erfährt. Das ist Hochstapelei. Als Kriegsfotograf hilft man weder jemandem, noch wird man sonst wie gebraucht. Erst dieses Wissen macht frei. Krieg ist ein anderer Bewusstseinszustand – eine gewisse Gleichgültigkeit, verbunden mit dem Gefühl, nicht selbst anwesend zu sein.»

Krieg als Bewusstseinserweiterung. Hört sich so an, als sollte es das nicht geben. Aber das gibt es.

Genauso wie Gutmenschen manchmal doch den Krieg mögen, mögen Bösmenschen manchmal den Frieden. Hier ist Hitlers «Friedensrede» vom 21. Mai 1935, gehalten vor dem Reichstag. Wir können sie, leicht gekürzt, Gutmenschen vorlesen, ohne den Autor zu nennen. Sie dürfen raten. Vorsicht, man täuscht sich leicht.

«Das Blut, das auf dem europäischen Kontinent seit dreihundert Jahren vergossen wurde, steht außer jedem Verhältnis zu dem volklichen Resultat der Ereignisse. Frankreich ist am Ende Frankreich geblieben, Deutschland Deutschland, Polen Polen, Italien Italien. Was dynastischer Egoismus, politische Leidenschaft und patriotische Verblendung an scheinbaren tiefgreifenden staatspolitischen Veränderungen unter Strömen von Blut erreicht haben, hat in nationaler Beziehung stets nur die Oberfläche der Völker geritzt, ihre grundsätzliche Markierung aber wesentlich kaum mehr verschoben. Hätten diese Staaten nur einen Bruchteil ihrer Opfer für klügere Zwecke angesetzt, so wäre der Erfolg sicher größer und dauerhafter gewesen. [...]

Deutschland will den Frieden aus tiefinnersten weltanschaulichen Überzeugungen. Es will ihn weiter aus der einfachen primitiven Erkenntnis, dass kein Krieg geeignet sein würde, das Wesen unserer allgemeinen europäischen Not zu beheben, wohl aber diese zu vermehren. Das heutige Deutschland lebt in einer gewaltigen Arbeit der Wiedergutmachung seiner inneren Schäden. Keines unserer Projekte sachlicher Natur wird vor zehn bis zwanzig Jahren vollendet sein. Keine der gestellten Aufgaben ideeller Art kann vor fünfzig oder vielleicht auch hundert Jahren ihre Erfüllung finden. [...]

Was könnte ich anders wünschen als Ruhe und Frieden? Wenn man aber sagt, dass dies nur der Wunsch der Führung sei, so kann ich darauf folgende Antwort geben: Wenn nur die Führer und Regierenden den Frieden wollen, die Völker selbst haben sich noch nie den Krieg gewünscht! [...]

Was Deutschland betrifft, möchte ich hier keinen Zweifel über Folgendes offenlassen: Deutschland hat Frankreich gegenüber feierlich die nach der Saarabstimmung sich ergebende Grenze angenommen und garantiert. Deutschland hat mit Polen ohne Rücksicht auf das Vergangene einen Gewaltausschließungsvertrag abgeschlossen, als einen weiteren mehr als wertvollen Beitrag zum europäischen Frieden, den es nicht nur blind halten wird, sondern von dem wir nur den einen Wunsch haben: einer stets aufs Neue zu erfolgenden Verlängerung und einer sich daraus immer mehr ergebenden freundschaftlichen Vertiefung unserer Beziehungen.

Wir taten es, um besonders dem eigenen deutschen Volk für die Zukunft neue blutige Opfer zu ersparen. Wir sind der Überzeugung, dass wir damit nicht nur unserem Volk, sondern auch diesem Grenzgebiet am meisten nützen. Wir wollen von unserer Seite aus alles tun, um mit dem französischen Volk zu einem wahren Frieden und zu einer wirklichen Freundschaft zu kommen. Wir anerkennen den polnischen Staat als die Heimstätte eines großen national fühlenden Volkes, mit dem Verständnis und der herzlichen Freundschaft aufrichtiger Nationalisten. [...]

Ich kann die heutige Rede vor Ihnen [...] nicht besser schließen als durch die Wiederholung unseres Bekenntnisses zum Frieden. Die Art unserer neuen Verfassung gibt uns die Möglichkeit, in Deutschland den Kriegshetzern das Handwerk zu legen. Möge es auch den anderen Völkern gelingen, der wahren Sehnsucht ihres Inneren mutigen Ausdruck zu verleihen!

Wer in Europa die Brandfackel des Krieges erhebt, kann nur das Chaos wünschen. Wir aber leben in der festen Überzeugung, dass sich in unserer Zeit nicht erfüllt der Untergang des Abendlandes, sondern seine Wiederauferstehung. Dass Deutschland zu diesem großen Werk einen unvergänglichen Beitrag liefern möge, ist unsere stolze Hoffnung und unser unerschütterlicher Glaube.»

Das gemeine Geschenk

- ++ Wir singen Friedenslieder. Am besten «Sag mir, wo die Blumen sind», gern in zwei bis drei Sprachen. Selbst gutesten Friedensfreunden gehen bei diesem Härtetest die Nerven durch.
- ++ Das Buch von David Rieff und Roy Gutman *Kriegsverbrechen – Was jeder wissen sollte* (Deutsche Verlagsanstalt). Es begründet, warum sich Freiheit und Recht manchmal nur mit Gewalt schützen und wiederherstellen lassen, kurz: warum Krieg zuweilen unausweichlich und notwendig ist.

Böse Sprüche für gute Menschen

«Das Konzept der Gewaltlosigkeit führt zu Krieg. Das Bemühen, gewaltlos zu sein, ist bereits Gewalt. Nur wenn du in Frieden bist mit dem, was ist, wird keine unfriedliche Handlung passieren.» *Pyar Troll, Autorin*

«Die Atombombe ist keine Spur böser als die Wirklichkeit und um kein Haar destruktiver als wir. Sie ist nur unsere Entfaltung.» *Peter Sloterdijk, Philosoph*

«Für Frieden ist einfach zu viel Energie in der Welt.» *John Updike, Schriftsteller*

7. Sie läuten die Glocken

Genau wie die Forscher wünschen die Kirchen den Frieden. Bischöfinnen und Bischöfe, Pfarrerinnen und Pfarrer, Päpste, Priester und Pröbste ersehnen den Frieden von ganzem Herzen. Jedenfalls offiziell. Inoffiziell fällt es schwer zu leugnen, dass nur ein Krieg noch die Kirchenbänke zu füllen vermag.

Egal, was für Fürbitten, Glockenläuten und Andachten veranstaltet werden: Im Frieden bleiben die Gläubigen aus. Nach dem 11. September hingegen konnten Kirchen jeglicher Couleur ungeahnte Besucherrekorde verbuchen. Erst mit verblassendem Schrecken verloren die Gläubigen wieder ihren Glauben.

Einen erneuten, vielversprechenden Aufschwung brachte erst der Beginn des Irakkrieges. Nach der Gefangennahme Husseins jedoch war es bald nicht mehr nötig, die Kirchen für Menschrechtsfreunde und Friedensbeter offen zu halten. Es gab sie nicht mehr, oder sie beteten zu Hause. Das ist das Missliche: Das Gute braucht das Schlechte, um zu existieren.

Ohne Krieg oder aktuellen Terroranschlag mangelt es den Predigten, Appellen und Friedensgebeten an Zugkraft. Das tägliche Glockenläuten (um 18 Uhr) für den Frieden musste bald nach dem offiziellen Ende des Irakkrieges wieder eingestellt werden, wenngleich die Zahl der Toten erst danach stieg und in Afrika weit blutigere Kämpfe ausbrachen.

Friedensgebete ziehen nur, wenn ein Krieg mit amerikanischer Beteiligung und Liveübertragung stattfindet. Andere Waffengänge sind zu unklar, um Pazifisten zu mobilisieren oder Pfarrer zu animieren, ihr geliebtes «Zeichen zu setzen».

Oder geht es auch anders, geht es auch leiser? Aber ja. «Der Mut zum Frieden kann sich auch darin zeigen, dass Menschen sich unermüdlich zur Versöhnung verpflichtet sehen», erklärt Bischöfin Jepsen.

Na, bitte. Wir, Sie und ich, wollen auch gute Menschen sein. Dann haben wir also mal den Mut und fühlen uns unermüdlich der Versöhnung verpflichtet! Das tut gut!

Bosheiten für Gutmenschen

++ Wir verlinken unseren Gutmenschen mit bessereweltlinks.de. Dort muss er seinesgleichen gegenübertreten, Dialogbereitschaft vortäuschen und sich über Themen austauschen wie Antifaschismus, Eine Welt, Frauen, Frieden, Globalisierung, Konfliktregionen, Kultur, Menschenrechte, Militär, Nachhaltigkeit.

++ Von UNICEF, den mundmalenden Blinden und dem SOS-Kinderdorf bekommt unser Gutmensch schon regelmäßig Post. Jetzt bitten wir in seinem Namen noch um die regelmäßige Übersendung von Informationsmaterial und Spendenaufforderungen von Amnesty International, Terre des Hommes, Human Rights Watch und der Internationalen Gesellschaft für Menschenrechte. Man kann niemals gut genug sein!

Das gemeine Geschenk

++ Wir bemalen ein altes Bettlaken mit Tauben und Friedenssymbolen sowie den Aufschriften «Pax, Pace, Peace» und so weiter und schenken es unserem guten Menschen. «Es wäre ein tolles Signal, wenn du es vom Balkon oder aus dem Fenster hängst.»

++ Niemand erträgt mehr als zehn Friedensgedichte hintereinander. Wir spenden gleich fünfzehntausend davon, Resultat eines aus dem Ruder gelaufenen Internet-Wettbewerbs. Zu Beginn des Irakkrieges überreichten Vertreter der Künstlerinitiative «Poets Against the War» die CD mit 15 000 Anti-Kriegs-Gedichten an verschiedene Regierungsvertreter, in Deutschland an die damalige Kulturstaatsministerin Christina Weiß, die bald darauf amtsmüde wurde und ein Jahr später abgelöst werden musste.

Böse Sprüche für gute Menschen

«Das Sonderbare ist die absolute Sicherheit, mit der Menschen über Dinge urteilen, von denen sie wenig verstehen, und der Grad der Aggression, der dabei zum Vorschein kommt.» *Walter Laqueur, Publizist*

«Die Anti-Kriegs-Märsche gehorchen demselben Muster, das mit der schalen Trauer für Lady Diana entstand. Dass es ihnen an Inhalt fehlt, ist vielleicht das Beste, was man über diese Ereignisse sagen kann.» *Lawrence Norfolk, Schriftsteller*

«Das erste Ziel der Masse ist ihr eigenes Wachstum. Der Protestzug ist sich Ziel genug, er demonstriert Macht, ohne sie zu haben.» *Wolfgang Sofsky, Soziologe*

8. Sie fürchten Kriegerdenkmale

Es stehen noch Kriegerdenkmale in Deutschland, schwer abreißbare Klötze, von denen einige zurückgehen bis zu den napoleonischen Feldzügen oder gar bis zum Dreißigjährigen Krieg. Auf den wenigsten werden soldatische Tugenden gepriesen. Falls es so ist, haben Gutmenschen daneben erläuternde Schilder aufgestellt, die mahnen, warnen und zum Frieden aufrufen. Meist werden mit den Denkmalen ohnehin nicht Krieger verherrlicht, sondern Gefallene betrauert.

Doch selbst das kann guten Menschen nicht behagen. Für einen guten Menschen haftet jedem Grabstein eines heimischen Soldaten etwas Beschämendes an. Das verhält sich in Deutschland so, denn hier bleibt Krieg mit Niederlage, Zerstörung und Schuld verbunden. In den benachbarten Ländern ist es anders. Da bedeutet Krieg Befreiung und Sieg. In Frankreich und in der angelsächsischen Welt gedenkt man der Siege mit volksfestartigen Militärparaden. Krieg gilt als gelegentlich notwendig und wird verbunden mit dem Triumph der gerechten Sache.

In Deutschland ist guten Menschen bereits der diskrete «Volksbund Deutsche Kriegsgräberfürsorge» verdächtig, weil er die Gräber von Gefallenen pflegt. In den Nachbarländern hingegen besucht man zu den Jahrestagen unverhohlen Heldenhaine und Totenburgen und legt in rituellen Feiern Kränze nieder, am liebsten an den Monumenten verehrter Generäle. In England zum Beispiel pilgert man zum

Denkmal von «Bomber-Harris», unter dessen Kommando Dresden zerstört wurde.

Was sollen Gutmenschen, die als friedlich gelten wollen, von der Verehrung dergleicher Helden halten? Am besten signalisieren sie gedämpftes Verständnis und verhalten sich neutral. In Deutschland umfahren sie vergleichbare Denkmale weiträumig; schon in ihrer Nähe gesehen zu werden könnte peinlich sein. In den Ländern der Alliierten, auf dem Friedhof von Arlington oder im Dome des Invalides, studieren Gutmenschen mit stummem Unverständnis, welche soldatischen Heldentaten verehrt werden.

In London entdecken sie am Hyde Park das Monument für die im Zweiten Weltkrieg gestorbenen tierischen Helden: Hunde, Pferde oder Brieftauben, die für Britannien Kriegsdienst leisteten. All das kommt ihnen ein bisschen rückständig vor. Irgendwie sind sie weiter. Fortgeschrittener. Friedlicher. Die anderen Völker müssen noch etwas lernen von den deutschen Gutmenschen.

Bosheiten für Gutmenschen

++ Wir gründen eine Initiative zum Abriss eines Soldatendenkmals. Initiative gründen heißt immer: einen Brief an die zuständige Behörde aufsetzen und hundert Unterschriften erfinden. Unser guter Mensch soll als Hauptinitiator die Verantwortung übernehmen. Wir überreichen ihm schon mal eine selbstgefertigte Urkunde sowie die bei eBay günstig erworbene Doppel-LP *Künstler für den Frieden* mit Franz Josef Degenhardt, Klaus Hofmann, André Heller, Ludwig Hirsch, Udo Lindenberg und Erika Pluhar, von denen die meisten den Frieden schon erreicht haben.

Das gemeine Geschenk

- Wir erwerben ein Autogramm des Friedensliebhabers Franz Alt, überreichen es aber besser nicht persönlich, sondern schicken es per Post. Unseren Absender schreiben wir nur dann auf den Brief, wenn wir weit genug weg wohnen. Schließlich möchten wir für direkte Racheakte des Beschenkten unerreichbar sein.
- Wir bestellen ein Plakat bei shop.friedenspaedagogik.de. Besonders hübsch das Poster «Versöhnung», das «Fragen auf dem Weg zu Neuanfang und Versöhnung visualisiert», oder die günstigen Restposten «Globale Gefährdungen; Problemfelder und Auswege» und «Sicherheitspolitik im neuen Europa».

Böse Sprüche für gute Menschen

«Soldaten werden gebraucht. Wenn sich 1939 die Pazifisten durchgesetzt hätten, hätte Hitler die ganze Welt erobert.» *Louis Begley, Autor*

«Wie kann eine Position der Gewaltfreiheit den Sieg der nackten Gewalt einfach hinnehmen?» *Joschka Fischer, Politiker*

«Ich warne vor der Feigheit der präventiven Kapitulation. Wir alten Europäer, die den Krieg verabscheuen, müssen selbst gefährlich werden, um den Frieden zu wahren.» *Manès Sperber, Autor*

9. Sie pilgern zum Dalai Lama

Der Dalai Lama weiß selbst nicht, ob er wirklich die Reinkarnation des dreizehnten Dalai Lama ist. Doch dass er die Inkarnation des idealen Gutmenschen ist, wird außer ihm niemand bezweifeln. Er ist ein fernöstlicher Mönch und zugleich ein Typ zum Knuddeln. Er hat den tibetischen Buddhismus bis in die tiefsinnigsten Untiefen studiert und lacht doch so übermütig über schlichte Scherze, dass der ganze Saal kichert. Unter all den zwielichtigen Friedensnobelpreisträgern ist er der Einzige, der so etwas wie inneren Frieden ausstrahlt.

Er ist die Identifikationsfigur für den Frieden schlechthin. Wenn ihm zehntausend Zuschauer bei einem Kongress in München zujubeln oder zwanzigtausend im Hamburger Center Court, dann sind all diese Menschen uneingeschränkt für den Frieden. Sie glauben an das alte Tibet als Land des liebevollen Miteinanders, als Reich der Reinheit und der glücklichen Einfachheit, der goldenen Weisheit und der Harmonie zwischen Mensch und Natur.

Allerdings hatte Tibet bis zum Einmarsch der Chinesen ein antidemokratisches mittelalterliches Rechtssystem; es litt immer noch unter dem jahrhundertealten Glaubensstreit zwischen Rotmützen und Gelbmützen, zwischen Orthodoxen und Liberalen. Es blickte zurück auf eine Tradition der Priesterkönige («Dalai Lamas»), die es an Korruption und Dekadenz, an Unterdrückung und blutigen Machtkämpfen mühelos mit der Geschichte der Päpste aufnehmen könnte.

Davon ist allenfalls das Luftgewehr geblieben, mit dem der Dalai Lama auf Habichte schießt, denn andere Vögel hat er lieber. Vielleicht ist davon auch sein rigoroses Vorgehen geblieben gegen die Verehrung der Schutzgottheit Dorje Shugden, deren Verbot er Mitte der neunziger Jahre mit Hausdurchsuchungen und Entlassungen durchsetzen ließ. Er kann ja nicht immer friedlich sein.

«Mir reißt ziemlich schnell der Geduldsfaden», gesteht der Dalai Lama, «das habe ich von meinem Vater geerbt.» Er hält es für nötig, Terroristen mit Gewalt zu bekämpfen; er hält Kriege für gerechtfertigt, wenn sie, wie in Kambodscha oder gegen Hitler, mehr Übel vernichten als anrichten.

Sonderbar! Das müssen Gutmenschen erst mal verdauen. Oder gleich wieder vergessen. Denn sie haben ihre Sehnsüchte. Und die projizieren sie gern auf ein fernes Land, auf eine ferne Zeit, auf eine ferne Figur. Wenn der Dalai Lama ihnen zuwinkt oder sie ihm, dann dürfen sie, ebenso wie seine Groupies, die reiferen Damen, gern mal so richtig in Verzückung geraten.

Wenn er dann zu einer seiner langatmigen Belehrungen ansetzt, nicken sie sanft ein. Sie atmen den Frieden des Dalai Lama. Dieser Friede soll mit ihnen sein, wenigstens bis sie draußen entdecken, dass jemand ihren Wagen zugeparkt hat.

Bosheiten für Gutmenschen

Eigentlich sind alle folgenden Bekenntnisse liebenswert. Und doch, in ihrer Fülle und geistigen Durchdringung wirken sie sonderbar abschreckend. Es sind Bekenntnisse von Filmstars. Vorher wollen wir aber daran erinnern, dass Michael Schumacher im Jahre 2001 als erster Formel-1-Weltmeister im winzigen Schweizer Weinberg des Dalai Lama (zwei Quadratmeter, vier Rebstöcke) bei der Traubenlese half. Eine edel-faule Art, den Frieden zu fördern.

Auch die folgenden Stars engagieren sich in vergleichbarem Maß für die friedlichste Religion der Welt. Kurt Russell: «Buddhismus ist erotisch», Robert Downey Jr.: «Der Dalai Lama hilft gegen Alkohol», Leonardo diCaprio: «Ich liebe buddhistische Klöster», Tina Turner: «Der Buddhismus gab mir neue Kraft», Richard Gere: «Ich liebe die feine Ironie des Dalai Lama», Goldie Hawn: «Ich habe einen eigenen buddhistischen Altar», Harrison Ford: «Der Dalai Lama ist einfach nett», Bernardo Bertolucci: «Auch ich wurde wiedergeboren», Oliver Stone: «Der Dalai Lama ist ein Freund unserer Filmindustrie», Don Johnson: «Buddhismus ist gut gegen Sucht», Brad Pitt: «In Hollywood hilft überhaupt nur noch Buddha», Sharon Stone: «Das ist noch besser als Scientology.»

Das gemeine Geschenk

- Wir überreichen das T-Shirt mit zwei sich gegenüberstehenden Panzern und dem Schriftzug «Bis einer heult», Neupreis rund dreißig Euro. Gebraucht extrem günstig in allen Größen bei eBay, allerdings leicht verwaschen. Bei kleinen Größen erklären wir: «Das hat der Dalai Lama getragen.» Bei Übergrößen: «Das trug Michael Moore bei seiner letzten Deutschland-Tournee.»
- Das Buch *Die Geschichte der Dalai-Lamas* von Roland Barraux. Der Historiker Barraux hatte als französischer Botschafter in Nepal ausgiebig Zeit für Geschichtsstudien. Er entdeckte den im Westen weniger bekannten machtpolitischen Aspekt der Institution des Dalai Lama – samt einer reichen Tradition von Korruption, Dekadenz und Kämpfen um das Amt des Priesterkönigs. Selbst romantische Gutmenschen hegen nach der Lektüre ein wenig Verständnis für die Haltung Chinas zum besetzten Land.

Böse Sprüche für gute Menschen

«Kriege wird es geben, solange das Nebennierenmark Adrenalin produziert.» *Henry Louis Mencken, Autor*

«Seit ich weiß, dass Wölfe Vegetarier sind, bin ich Pazifist.» *Yves Montand, Chansonnier*

«Die militärischen Kriege sind nur die Erweiterung dessen, was die ganze Zeit in Ihnen vorgeht. Warum tobt in Ihnen ein Krieg? Weil Sie nach Frieden suchen. Das Mittel, das Sie für Ihre Versuche benutzen, um mit sich selbst in Frieden zu leben, ist der Krieg.» *U. G. Krishnamurti, Philosoph*

Jetzt werden wir selber gut!

Der Abschluss-Test

Sie haben nicht jedes Wort in diesem Kapitel gelesen? Müssen Sie auch nicht. Denn Sie sind bereits blendend informiert. Aber haben Sie wirklich das Zeug zum Gutmenschen des Friedens? Dann nehmen Sie bitte am Test teil. Beantworten Sie die folgenden Fragen nach bestem Vermögen und rechnen Sie die Punkte grundehrlich zusammen. Auswertung am Ende.

1. **Was sollte beendet werden?**
   a) Alle Kriege überall unbedingt sofort (1 Punkt)
   b) Die israelische Besetzung der Westbank (2 Punkte)
   c) Die amerikanische Präsenz in der Welt (3 Punkte)

2. **Was haben Attentäter häufig?**
   a) Eine schwere Kindheit (3)
   b) Ein unzureichendes Einkommen (2)
   c) Einen guten Manager (1)

3. **Warum ist Friedensarbeit so anstrengend?**
   a) Weil so viele aggressive Leute mitmachen (2)
   b) Weil einem die nötigen Waffen fehlen (3)
   c) Weil man sich nicht prügeln darf (1)

4. **Was bekommen Terroristen oft zu wenig?**
   a) Munition (3)
   b) BAföG (1)
   c) Kirchenasyl (2)

5. **Wem sollte man endlich entgegentreten?**
   a) Der Krake des Krieges (1)
   b) Der Bundeswehr (3)
   c) Meiner Mutter (2)

6. **Wie kann man andere von der Notwendigkeit der Friedensarbeit überzeugen?**
   a) Durch verbale Kommunikation im situativen Kontext (2)
   b) Durch Vorträge und Kurse in Altersheimen (1)
   c) Durch eigenes abschreckendes Vorbild (3)

7. **Was sollte man statt der Bundeswehr dringend fördern?**
   a) Kultur, Bildung und Soziales (1)
   b) Kinder, Waise, Alte, Arme, Behinderte und Witwen (2)
   c) Dann doch lieber die Bundeswehr (3)

8. **Welches Koran-Wort gilt allgemein als Ursprung der gewaltfreien Kommunikation?**
   a) Sure 9, 29: Kämpft gegen diejenigen, die nicht an Gott glauben, bis sie den Rechtgläubigen Tribut entrichten als Erniedrigte. (2)
   b) Sure 2, 191: Erschlagt sie, wo immer ihr auf sie stoßt. (3)
   c) Sure 2, 193: Kämpft mit der Waffe in der Hand, bis die gesamte Religion in der Welt nur noch die Allahs ist. (1)

9. **Was enthält das sogenannte «Weißbuch» der Bundeswehr?**
   a) Alles, was man wissen muss (3)
   b) Lauter leere weiße Seiten (2)
   c) Alles, was der Feind nicht wissen soll (1)

10. Wem möchten Sie nachts auf keinen Fall begegnen?

a) Einem Polizisten (1)
b) Einem Gotteskrieger (3)
c) Einem Friedensaktivisten (2)

10–16 Punkte: Sie haben das Zeug zu aktiver Friedensarbeit. Sie haben Kraft genug, um gelegentlich ein Körnchen zivilen Ungehorsams an den Tag zu legen oder eine kurze Mahnwache abzuhalten, gern nachts, wenn niemand etwas davon merkt. Sie wären geeignet, Lernprojekte in der Friedensbewegung zu organisieren. Und das wäre auch die gerechte Strafe für Ihre strohdummen Antworten.

17–23 Punkte: Nanu! Sind Sie nicht im Grunde ein echter Staatsbürger in Uniform? Nur einer, bei dem man die Uniform nicht sieht? Weil sie sozusagen innerlich getragen wird? Ja, das sind Sie! Na, und nun herzlich willkommen! Sie sind der typische Friedens-Gutmensch: Ihr Widerstand ist dermaßen gewaltlos, dass keiner was davon mitkriegt, nicht mal Ihr Partner. Ist ja auch gut so. Die ganze Welt läuft nur dank solcher Typen wie Ihnen!

24–30 Punkte: Sie wären der optimale Vorsitzende einer Konferenz über Sicherheit und Zusammenarbeit, egal wo. Sie bräuchten sich nur mit der Agenda etwas Luft zufächeln und könnten während der Vorträge über Abrüstung und Friedenskooperativen mit offenen Augen schlafen. Am Ende müssten Sie nur noch eine vorgestanzte Rede über Selbstbestimmung und gerechte Entwicklungsmöglichkeiten vorlesen. Fertig. Friedensnobelpreis. Glückwunsch!

Noch nicht gut genug? – Allerletzte Tipps

Geburtstagsparty einmal anders

Veteranen des Gutmenschentums erzählen oft wehmütig von Kundgebungen, bei denen Hunderttausende zusammenkamen, etwa in Bonn, um gegen Rüstung zu demonstrieren. Das muss dreißig Jahre her sein. Was für Zeiten! Werden sie wiederkommen? Man kann nie wissen.

Um später ebenfalls von Heldentaten berichten zu können, kann es nützlich sein und vor allem Spaß machen, beizeiten etwas Tollkühnes zu erlernen. Zum Beispiel eine Sitzblockade. Wenn man dann später von zwei Polizisten über den Asphalt geschleift wird und eine Kamera dabei ist, hat man etwas fürs Leben und für die Enkel.

Also los. Wie funktioniert es? Erst mal eine Gruppe finden. Solo-Sitzblockaden bewirken nur etwas auf einem WG-Klo. Vor einem NATO-Stützpunkt oder einer AWACS-Basis werden sie nicht wahrgenommen. Wie viele also müssen dabei sein? Mindestens zwanzig Menschen mit Herz.

So viele kommen ohnehin zur Geburtstagsfete? Okay! Dann ist jetzt statt Rallye etwas viel Originelleres dran: Aussitzen. Ziviler Ungehorsam. Zum Beispiel vor einer US-Airbase (Protest gegen allgemeine Kriegstreiberei) oder vor einem Ausländeramt (gegen menschenverachtende Abschiebepraxis).

Das Ziel: die Polizei aufmerksam machen. Zum Verlassen des Platzes aufgefordert werden. Trotzdem sitzen bleiben. Die erste Räumungsdrohung abwarten. Und sitzen bleiben. Zweite Räumungsdrohung abwarten. Wiederum sitzen bleiben. Dritte Räumungsdrohung. Und dem Anmarsch der Polizisten ins Auge sehen. Und auf ihr Zupacken gefasst sein.

Jetzt wegtragen lassen. Aber wie? Knie anwinkeln – das macht es den Polizisten zwar leicht, man selbst allerdings kommt schmerzlos davon. Oder völlig entspannen – das verdoppelt für die Polizisten das gefühlte Gewicht. Sie müssen dann zerren und schleifen. Doch das kann dem Sitzblockierer wehtun, besonders auf Kopfsteinpflaster.

Manchmal merkt die Polizei zunächst nichts oder will nichts merken. Dann kann das Ausharren fünf, sechs Stunden in Anspruch nehmen. Für solche Fälle ist es gut, einen Rucksack voll warmer Sachen dabeizuhaben, nebst inspirierenden Getränken und belegten Broten samt einem gutgefütterten Schlafsack. Dazu den Personalausweis für die Verhaftung. Und eine Zahnbürste für eine abenteuerliche Nacht in der Zelle.

Ach, übrigens: Wegtragen wird mit zwanzig Euro in Rechnung gestellt, die Fahrt im Polizeibus kostet dreißig Euro. Viel. Aber nicht zu viel für eine abgefahrene Party und für das Gefühl, am Ende wirklich dazuzugehören: zu den echten guten Menschen!

Schimpansen zum Frieden überreden

Wenn es den Menschen mit ihren Gewaltvideos und missglückten Sozialisationen nicht gelingt, kann es wenigstens den Menschenaffen gelingen? Ein Leben ohne Gewalt zu führen? Ein Leben in Frieden?

Nein, klappt nicht. Schimpansen, fanden Anthropologen jetzt heraus, verhalten sich genauso scheußlich. Sie gehen in Banden auf Patrouille. Erstens, um nach Eindringlingen Ausschau zu halten und sie aus dem Revier zu vertreiben. Und zweitens, falls keine Eindringlinge zu finden sind, um selbst in fremdes Gebiet vorzudringen, Nachbarn anzugreifen und sie bis auf den Tod zu bekämpfen.

Warum nur? Die Wissenschaftler von der University of Michigan und der Yale University, die dieses Verhalten in einer fünfjährigen Studie dokumentierten, können es nicht erklären. Sie beobachteten, wie Affen Cliquen bilden, wie sie sich zu Kontrollgängen aufmachen und wie sie – sobald sie sich in der Überzahl wähnen – grundlos eine Attacke auf die Nachbarn starten.

Diese Patrouillen und der Krieg mit Nachbarn seien ein wichtiger Bestandteil des sozialen Affenlebens, notierten die Forscher. «Vielleicht einfach deshalb, weil sie aus den Attacken ein Gefühl der Stärke ziehen.»

Na ja. Die Grand Old Lady der Schimpansen-Forschung, Jane Goodall, mag das nicht hören. Sie lebte jahrelang mit Schimpansen und fühlte sich als ebenbürtiges Sippenmitglied akzeptiert. «Man kann Schimpansen zum Frieden bewegen», erklärte sie nun in London. «Man muss es nur versuchen. Zweifellos kann man daraus für die Friedensarbeit bei Menschen etwas lernen!»

Na, dann versuchen wir das doch mal! Erziehen wir Menschenaffen zu Gutmenschenaffen! Und das wäre natürlich erst der Anfang der Vertreibung der Gewalt aus der Tierwelt. Wer hat Lust?

Sieben böse Geschichten für Friedens-Gutmenschen

Die folgenden Geschichten eignen sich für alle Friedensfreunde unter unseren Bekannten und Verwandten. Sogar für Tante Stefanie. Anfangs wird sie beim Zuhören wohlmeinend mit dem Kopf nicken. Aber nur am Anfang. Denn die Geschichten nehmen eine boshafte Wendung. Man könnte sie glatt unverschämt nennen.

Wie Alexander Persien eroberte

Griechische Sage

Der griechische Feldherr Alexander hatte in vielen Eroberungszügen die Grenzen seines Reiches immer weiter ausgedehnt. Schließlich gelangte er an die Grenzen Persiens, des größten und friedlichsten Landes der Erde. Dessen Herrscher Dareios bat Alexander zu einem prächtigen Staatsbankett. Doch statt knuspriger Braten und saftiger Früchte ließ der Perserkönig seinem Gast eine Schale voller Perlen und Edelsteine servieren. «Guten Appetit!», wünschte er.

«Nanu!», rief Alexander verwundert. «Perlen und Edelsteine kann man doch nicht essen!»

«Ach, tatsächlich?», entgegnete der weise Perserkönig. «Das erstaunt mich. Isst man denn in deinem Land keine Juwelen?»

«Nein», antwortete Alexander. «Wir essen täglich ein paar Früchte und etwas Brot, gelegentlich Fleisch, das reicht.»

«Nun, wenn das stimmt», sprach der weise Perserkönig. «Dann müsste dein Auskommen auch in deiner Heimat zu finden sein!» Alle nickten ob dieser großen Weisheit. «Warum also», forschte der König, «bist du ausgezogen, um so viele Länder zu unterwerfen?»

«Ach, das ist nur Spaß!», rief Alexander heiter. «Das ist das reine Vergnügen! Sollte das so schwer zu verstehen sein?» Und er nahm die Juwelen an sich, warb damit neue Soldaten an, kaufte bessere Waffen, setzte Dareios ab und war nun auch König von Persien. Und der Ruf schallte lange noch: «Alexander lebe hoch!»

Laotse und der Frieden

Chinesische Weisheitsgeschichte

Als im Jahre des Hahns, um die Zeit des Frühlingsfestes, abermals Krieg ausbrach in der Provinz Xi'an, machte sich ihr bedeutendster Weiser, der greise Laotse, auf, das Land zu verlassen und ins südliche Blütenland zu wandern.

Seine Schüler begleiteten ihn bis an den Shan-Gu-Pass. «Wird es uns Menschen jemals gelingen, Frieden zu schaffen?», fragten sie, als sie an den Schlagbaum der Grenze gelangt waren.

«Vielleicht», antwortete der Weise. «Aber ihr werdet eher erleben, dass eine Erbse nach oben geworfen wird, sodass sie an der glatten Oberfläche eines an der Decke hängenden Spiegels kleben bleibt, als dass ihr Frieden erleben werdet.»

«Oha», sagten die Schüler und schauten einander bedeutungsvoll an.

«Eher wird es euch gelingen, ein Sesamkorn durch die Luft zu werfen und damit genau durch das Öhr einer Nadel zu treffen, als dass ihr erlebt, dass Frieden herrscht zwischen den Menschen», fügte Laotse weise hinzu.

«Na, das scheint ja ganz schön schwierig zu werden!», sprachen die Schüler untereinander.

«Stellt euch vor», sprach Laotse weiter, «dass eine blinde Schildkröte in allen Weltmeeren umherschwimmt und ebenso ein hölzerner Ring. Diese blinde Schildkröte kommt alle hundert Jahre nur ein einziges Mal an die Oberfläche, um Luft zu schnappen. Haltet ihr es für möglich, dass sie jemals ihren Kopf durch den hölzernen Ring stecken wird?»

«Nein», riefen die Schüler. «Dass Schildkröte und Ring in den unermesslichen Weiten irgendwann zur selben Zeit an derselben Stelle sein sollten? Völlig unwahrscheinlich!»

«Und dieselbe Unwahrscheinlichkeit», sprach Laotse, «besteht dafür, dass einmal Frieden herrscht.»

«Na, dann gehen wir erst mal was trinken», sprachen die Schüler. «Besten Dank auch und weiterhin gute Reise!»

Prinzessin Diana bei Mutter Teresa

Aufzeichnung des englischen Hofes

Eines Tages kam eine echte englische Prinzessin zu Mutter Teresa. Ihr Herz war schwer. «Ach, weise Mutter», seufzte sie, «all meine Kämpfe, all meine Bemühungen haben am Ende doch keinen Nutzen gehabt!» Mutter Teresa runzelte die Stirn: «Am Ende – was soll das heißen? Meinst du das Ende deiner Beharrlichkeit? Bist du bereits am Ende deiner Geduld?»

Die Prinzessin seufzte: «Ich möchte doch so gern Frieden schaffen und Frieden bewahren!»

«Dann will ich dir die Geschichte von der Schnecke erzählen», verkündete Mutter Teresa. «An einem grauen Tag der Regenzeit fiel es der Schnecke ein, es müsse doch Besseres zu essen geben als immer nur die welken Salatblätter im Garten. Etwas, das ihr besser schmecken würde. Und so machte sie sich mutig auf den Weg und kroch den Mangobaum empor.»

«Sie war mutig?», fragte die Prinzessin.

«Ja, aber sie ging langsam vor, sehr langsam. Die Vögel lachten sie aus. Doch sie kam voran. Einer der Vögel, ein junger mit einem kleinen Schnabel, flog zu ihr und fragte: ‹Was willst du hier, Schnecke? Siehst du nicht, dass der Mangobaum keine Früchte trägt?› – ‹Jetzt trägt er noch keine Früchte›, erwiderte die Schnecke. ‹Aber bis ich oben bin, wird er welche haben!› Und geduldig und beharrlich setzte sie ihren Weg fort. Liebe Diana, verstehst du, was ich damit sagen will?»

«Nein», antwortete die Prinzessin.

«Nun», fuhr Mutter Teresa fort. «Die Schnecke kroch weiter, die Mangofrüchte wuchsen heran, und gerade als die Früchte groß und süß waren, hatte die Schnecke sie erreicht! Zu diesem Zeitpunkt war aus dem jungen Vogel mit einem kleinen Schnabel ein kräftiger Vogel mit einem großen Schnabel geworden. ‹Danke, dass du mir entgegengekommen bist›, rief er und fraß die Schnecke auf. Zum Nachtisch aß er eine Mango.» Mutter Teresa lächelte und schwieg.

Prinzessin Diana überlegte. «Aber was soll das bedeuten?», fragte sie schließlich. «Dass ich demnächst weggenascht werde und dass andere sich darüber freuen?»

«Ach so!» Mutter Teresa legte die Stirn in Falten. «An diese Deutung habe ich noch nicht gedacht. Aber, ja, ich glaube, du hast recht! Das wird die Lösung sein! Na, dann auf jeden Fall herzlichen Glückwunsch!»

Der Hund im Spiegelsaal

Sage aus dem Mittelalter

Es war zur Zeit des edlen Königs Artus, als im Lande des Grals ein Tempel stand, der war innen mit tausend Spiegeln verkleidet. Nur Vertraute des Königs durften ihn betreten. Doch eines Tages gelang es dem Lieblingshund des Königs, unbeobachtet durch die Tür zu schlüpfen.

Niemand sonst war im Tempel. Der Hund war allein. Allein mit tausend Spiegelbildern. Mit tausend anderen Hunden. Denn ein Hund weiß nicht, was ein Spiegel ist. Heute nicht und damals erst recht nicht. Und so glaubte sich der Hund des Königs von tausend Gefährten umgeben.

Das fand er lustig, und er begann zu lächeln. Und siehe da, all die tausend anderen Hunde lächelten ebenfalls! Das ermutigte ihn, und er begann vor Freude mit dem Schwanz zu wedeln. Und, oh, was für ein Wunder! Die tausend Hunde wedelten im selben Moment mit dem Schwanz! Sie freuten sich ebenfalls!

Da wurde der Hund des Königs Artus immer fröhlicher. Er begann zu spielen, und die anderen Hunde spielten auch. Er sprang ausgelassen im Kreis umher, die anderen Hunde taten es ebenfalls! Was für ein Spiel! Und was für ein Glück ist es, dachte er, so freundlich zu sein!

Erst am Abend merkte er, dass er nichts gefressen hatte. Er fühlte sich schwach. Und nun erst fiel ihm auf, dass auch die anderen Hunde nichts zu fressen hatten. Er sah weder Fleisch noch Knochen im Tempel. Er bekam Angst. Er wurde schwach. Und die tausend anderen Hunde wurden ebenso schwach. Sie krochen nur noch – wie er! Wer hätte auch all diese Tiere ernähren können?!

Mit schwindender Kraft schleppte er sich zur Tür. Er hob noch die Pfote, die anderen taten es gleichfalls. Doch öffnen konnte die Tür keiner mehr. Am anderen Morgen fanden die Tempelwärter den Hund leblos. Zum Glück reichte es, nur ihn aus dem Gebäude zu schleifen; die anderen tausend verschwanden gleichzeitig.

Nicht lange danach gelang es einem anderen Hund, durch die Tür zu schlüpfen. Es war der knurrige Köter des bösen Herzogs Mordred. Kaum war er in den Tempel gelangt, begann er zu knurren. Nicht ohne Grund – denn er sah sich plötzlich von tausend fremden Hunden umgeben!

Gut, dass er knurrte! Denn im selben Moment, als er den Kopf duckte, taten sie dasselbe. Auch sie stellten ihre Nackenhaare hoch. Auch sie schienen zu knurren! Allerdings taten sie es entschieden leiser als er. Er jedenfalls hörte nur sein eigenes Knurren.

Das ermutigte ihn. Er fletschte die Zähne. Im selben Moment fletschten schon die tausend feindlichen Hunde die Zähne! Er bellte wütend. Die tausend anderen rissen das Maul auf. Sie schienen bellen zu wollen, ja, sie taten es wohl – aber kein Ton war zu hören, nicht das leiseste Röcheln!

Das ermutigte ihn noch mehr. Er bellte lauter, sodass es von den verspiegelten Wänden zurückschallte. Noch lauter, sodass die Spiegel zitterten. Für ihn sah es aus, als zitterten die Hunde vor Furcht. Und das gab ihm Kraft. Noch lauter bellte er, er kläffte, belferte, heulte – und da plötzlich ging ein Riss durch die Spiegel. Und noch einer – da! –, und nun, bei seinem lautesten Bellen, zersprangen sie! Und zersplitterten zu Scherben.

Vollkommene Ruhe. Verschwunden der Spuk. Kein feindlicher Hund war mehr zu sehen. Alle hatten sich davongemacht. Nur er, der heldenhafte Hund des bösen Herzogs Mordred, hatte standgehalten. Und nun – was sah er dort schimmern, dort in den Räumen, die sich hinter den Spiegeln geöffnet hatten?! Er schlich näher heran. Das waren herrliche Schätze! Funkelnde Edelsteine! Juwelen! Gold! Das war der legendäre Schatz des Königs Artus! Hier also war er verborgen gewesen. Und in der Mitte das Gefäß des ewigen Lebens: der Gral!

Schnell lief der Hund hinaus, um seinen Herrn, den Herzog Mordred zu holen. Der kam eilig und staunte und lobte und pries seinen klugen Hund, barg all die Schätze und brachte sie auf sein Schloss. Sein böses Geschlecht ist seither reich und lebt dank des Grals bis in alle Ewigkeit.

So merke dir: Wenn du gelegentlich laut und böse wirst, kannst du eine Menge Zaster abstauben. Und wenn du selbst nicht laut werden magst, schaff dir wenigstens einen bösen Hund an!

Der Fluss des Friedens

Jüdische Legende

Zu Rabbi Nachman von Breslov kam eines Tages ein junger Talmud-Schüler. Er stellte dem berühmten Rabbi etliche Fragen über Gott und den Seelenfrieden und darüber, warum er trotz Einhaltung der Gebote und vieler Gebete keinen Fortschritt auf dem Weg feststellen konnte.

Der große Rabbi Nachman schwieg lange und betrachtete den Fluss, der unterhalb der Hütten silbrig dahinströmte. Dann blickte er seinen Schüler milde an und sprach:

«Wenn du dich für den Weg zu Gottes Frieden entscheidest, befindest du dich auf einem silbrigen Fluss. Du sehnst dich nach der Quelle und versuchst aufwärtszuschwimmen, gegen den Strom. Das ist vergebliche Mühe. Strenge dich nicht an. Bette dich auf deine Friedenssehnsucht und lasse dich mit ihr treiben. Sie wird dich zum Meer tragen. Und du wirst sehen: Der Frieden der Quelle und der Frieden des Meeres sind ein Frieden.»

Damit erhob sich Rabbi Nachman von Breslov und schritt feierlich von dannen. Der Schüler jedoch blieb noch lange schweigend sitzen. Erst am Abend, als der Rabbi an den Ort der Unterweisung zurückkehrte, war der Schüler verschwunden. Im Fluss trieb unterdessen eine Leiche zum Meer.

«Dem Nächsten», sprach der Rabbi nachdenklich, «werde ich vielleicht raten, vorher noch schwimmen zu lernen. Obwohl – so ist es vielleicht der schnellste Weg zum Frieden.»

Das heilige Licht

Orientalische Legende

Ein Mann hatte gehört, an einem fernen Ort in Persien brenne seit Ewigkeiten eine heilige Flamme. Und er machte sich auf eine mühselige Wallfahrt, um von diesem Licht etwas nach Hause zu holen. «Wenn ich dieses Licht hüte», sprach er zu seiner Frau, «haben wir Schutz und Gnade gefunden.»

Er gelangte nach Persien. Er kam an den heiligen Ort. Und die Hüter der Flamme ließen ihn sein Licht anzünden. Froh machte er sich auf den langen Heimweg und hegte und schützte und bewahrte sein Licht.

Unterwegs kam er durch eine kalte Gegend. Ein Frierender begegnete ihm, der bat ihn um die Kraft des Feuers, damit er ein wenig Holz anzünden könne. Zuerst wollte der Pilger die heilige Flamme nicht für eine so weltliche Angelegenheit hergeben. Dann aber gab er seinem Herzen einen Stoß, und der Frierende konnte ein wenig Holz anzünden und dankte ihm.

Kaum war der Mann ein wenig weitergewandert, geriet er in einen schlimmen Sturm. Sosehr er auch sein Licht zu schützen strebte, die Flamme erlosch. Und nun erinnerte er sich an den armen frierenden Mann, mit dem er sein Licht geteilt hatte! Den weiten Weg nach

Persien hätte er nicht noch einmal zurücklegen können, aber zu dem anderen, dem er geholfen hatte, waren es nur wenige Meilen.

Was soll ich euch sagen? Dem ehemals Frierenden war mittlerweile warm geworden, und er hatte Freunde versammelt, die aßen und tranken um sein Feuer und sangen und feierten! Als sie den Mann sahen, der da aus der Dunkelheit auf sie zuschritt und zaghaft um Feuer bat, verprügelten sie ihn und jagten ihn in die eisige Finsternis.

Wenn du ein wenig Feuer hast, oh Wanderer, behalte es für dich.

Die Unzufriedenheit auf Wanderschaft

Thailändisches Märchen

Es war einmal eine junge Unzufriedenheit, die machte sich auf die Wanderschaft, um zu sehen, ob sie nicht jemanden fände, bei dem sie wohnen und wachsen könnte. Auf dem Weg traf sie ein Stirnrunzeln, das auch gern größer werden wollte. Die beiden verstanden sich auf Anhieb und zogen gemeinsam weiter. Sie waren nicht weit gegangen, da begegneten ihnen zwei kräftige Sorgenfalten. Die fragten, wohin die Reise ginge, und wanderten gleich mit.

Bald gelangten sie auf eine grüne Wiese, und im Gras sahen die vier Freunde ein frisches junges Mädchen. Das lag friedlich auf einer Decke, blinzelte in die Sonne und sah so recht glücklich aus.

Die vier nickten einander zu und schauten, ob das junge Mädchen noch Platz für sie hätte. Aber ja! Lautlos krochen ihm die beiden Sorgenfalten unter die Augen, das Runzeln machte sich auf der Stirn breit, und die Unzufriedenheit nistete in den Mundwinkeln und zog sie herunter.

Da ward dem jungen Mädchen ganz fröstelig zumute, und es wurde unruhig. Bang erhob es sich und merkte auf einmal, dass es völlig allein war. Die Sonne hatte sich hinter Wolken verborgen.

Donner grollte. Ängstlich eilte es nach Hause. Jeder Mensch, dem es begegnete, kam ihm bedrohlich vor. Doch es vermochte jeden abzuwehren – mit einem verkniffenen Mund, einem bösen Stirnrunzeln und einem verächtlichen Blick.

Das schützte das Mädchen. Andere nahmen sich ein Beispiel daran, und so haben sich Missgunst, Furcht und Unzufriedenheit verbreitet, zu unser aller Besten. Bestimmt kannst du auch etwas dazu beitragen! Danke!

So nerven Unschulds-Gutmenschen

Die meisten Gutmenschen fühlen sich irgendwie schuldig. Vermutlich zu Recht. Denn sie sind schon vielen anderen auf die Nerven gegangen. Nun versuchen sie, ihr obskures Schuldgefühl zu bewältigen.

Das macht die Sache natürlich nicht besser, im Gegenteil. Gutmenschen, die sich der Bewältigung widmen, sind eine ganz besonders schwere Belastung für ihre Umwelt. Sie bewältigen ihr Schuldgefühl niemals für sich allein. Sondern sie beziehen ihre Familie und ihre Freunde mit ein, und falls davon keine mehr aufzutreiben sind, gehen sie mit ihren Entschuldungsversuchen an die Öffentlichkeit.

Sie setzen sich dann für das friedliche Miteinander ein, für die Überwindung von Klassen- und Rassenschranken, für das Transzendieren des Feindbilddenkens, gegen den Überwachungsstaat, für mehr Gemeinschaftssinn, gegen Diskriminierung, für den interreligiösen Dialog, gegen das Wegsehen, für das Mitgefühl, gegen vorschnelles Urteilen, für die internationale Völkerfamilie, für die Begegnung der Kulturen und für sonst allerlei, was niemand hören mag.

Wer allerdings die Ohren verschließt, macht sich zu einem Schuldigen und outet sich als Ewiggestriger. Kein größeres Glück kann einem Gutmenschen widerfahren. Angesichts eines endlich gefundenen Schuldigen wechselt er selbst automatisch auf die Seite der Unschuldigen.

Als in einer Berliner Gemäldegalerie die Flick-Collection gezeigt wurde, attackierte eine Frau Mitte dreißig ein paar ausgestellte Kunstwerke. Sie sprang heftig auf einem palettenähnlichen Kunstobjekt herum, und zwar so lange, bis es zerbrach. Anschließend widmete sie sich einem Kunstwerk aus Blech, bis es genügend Beulen hatte. Dann endlich rief sie aus: «Flick, jetzt vergebe ich dir!»

Da griffen auch die Wärter ein, die bis dahin nicht ganz sicher gewesen waren, ob sie so eine Gutmenschen-Aktion einfach abbrechen durften. Immerhin war auch ihnen bekannt, dass der Großvater des Ausstellers Rüstungsunternehmer in der Nazizeit gewesen war. Aber nun war das ja verziehen! Wir wissen nicht, ob auch der Enkel, der Bilderspender Friedrich Christian Flick, dankbar war. Vermutlich nicht. Denn er hatte zu seiner Entschuldigung bereits eine «Flick-Stiftung gegen Fremdenfeindlichkeit» gegründet, sogar mit Sitz im Potsdamer Moses-Mendelssohn-Zentrum. Doch diesen Beweis der Unschuld kannte die Aktionistin offenbar nicht.

Ja, es ist manchmal schwierig für Gutmenschen, ihre Unschuld noch zu beweisen. So vieles ist schon entdeckt, angeklagt und aufgearbeitet worden. Und es gibt eigentlich nicht genügend neues Böses, um all die guten Menschen satt zu machen.

Zum Glück gibt es eine wundertätige Formel, die auf Gedächtnisveranstaltungen und in Trauerreden auftaucht: Solange wir uns an ihn erinnern, so lange bleibt er in unserem Herzen lebendig! Gilt dieses trostreiche Wort für alle, an die wir uns erinnern? Ja, sicher. Ebenfalls für alle, an die wir ständig erinnert werden? Höchstwahrscheinlich! Also zum Beispiel auch für den bekannten Reichskanzler A. Hitler?

Aber ganz bestimmt! Natürlich bleibt er in unseren Herzen lebendig! Ganz offensichtlich ist er die lebendigste aller jemals verblichenen Figuren. Er ist der dunkle Star am öffentlichen Himmel. Und das ist ein Segen. Ein Segen für alle guten Menschen. Es wäre so viel schwieriger, ein guter Mensch zu werden und zu bleiben, wenn es Hitler nicht gäbe!

Deshalb ist die deutsche Vergangenheit auch keineswegs belastend. Sie ist erleichternd. Weil sie jedem sofort ein gutes Gewissen macht. So schlimm wie die Typen damals, so schlimm kann niemand jemals wieder sein. Übrigens, gibt es eigentlich noch welche davon? Von den alten Original-Bösen, sodass man sie rasch noch vor ein Gericht stellen könnte? Unwahrscheinlich. Und wenn, dann brabbeln sie dement und inkontinent in einem Pflegeheim vor sich hin. Schade eigentlich. Man hätte sich noch rasch positiv von ihnen abheben können.

Aber es gibt ja noch Hinterlassenschaften. Wohl nicht mehr genug für jeden einzelnen guten Menschen. Aber hier und da gelingt es jemandem, etwas zu entdecken. Eine Schule, die nach einem Forscher benannt ist, der von Göring einen Preis angenommen hat. Da muss natürlich ein neuer Name her! Eine Stadt, die in ihrer Kartei immer noch einen Gauleiter als Ehrenbürger führt. Der muss jetzt sofort mit großem Rummel ausgebürgert werden! Eine Straße, die den Namen eines deutschen Sportlers trägt, der bei der Olympiade 1936 eine Medaille errungen und nicht verweigert hat. Die Straße wird jetzt in Geschwister-Scholl-Straße umbenannt.

Menschen, die so etwas aufspüren oder gar entlarven und öffentlich auf den Skandal hinweisen, können sich den Vorgang einrahmen und dürfen sich bis an ihr Lebensende rein und gut und unschuldig fühlen. «Schuld ist, wie Unschuld, nicht kollektiv, sondern persönlich», hat Richard von Weizsäcker behauptet. Doch da irrte er. Denn Schuld ist kollektiv, nur Unschuld ist persönlich. Schuld muss einfach den kollektiven dunklen Hintergrund abgeben, von dem sich noch der scheußlichste Gutmensch strahlend hell abheben kann. Er muss nur auf diesen Hintergrund hinweisen mit dem edlen und originellen Satz: «Das darf nie wieder passieren.»

Dem Forscher Paracelsus wird ein sonderbares Wort zugeschrieben: «Die es gut meinen», soll er gesagt haben, «das sind die Schlimmsten.»

21 scheußliche Dinge, die Unschulds-Gutmenschen heute tun müssen …

… während wir uns entspannen

Solidarität üben
Energien freisetzen
gezielt Rechte einfordern
die Vergangenheit bewältigen
soziale Barrieren überwinden
kritisch miteinander umgehen
sensibel und verletzbar bleiben
den Dialog der Kulturen führen
die Hoffnung am Leben erhalten
Gesprächsbereitschaft signalisieren
sich in den Klärungsprozess begeben
dem Rassismus die Rote Karte zeigen
Besonnenheit und Wachsamkeit üben
gemeinsame Schnittmengen erkennen
den Menschen in den Mittelpunkt stellen
eigene Ecken und Kanten nicht verleugnen
den zwischenmenschlichen Bereich beleben
BürgerInnen mit Migrationshintergrund fördern
in wechselseitigem Einvernehmen kommunizieren
andere mit ihren unterschwelligen Vorurteilen konfrontieren

Zehn böse Nachrichten, mit denen wir Unschulds-Gutmenschen aufmuntern können

Unschuldige Gutmenschen haben zwar ein jungfräuliches Gewissen. Doch sie leiden stellvertretend für andere. Sie schämen sich für Menschen, die oft nicht einmal merken, wie schuldbeladen und unsensibel sie sind. Manchmal scheint die ganze Welt nicht zu merken, wie schlecht es um sie steht. Dann verfallen Unschulds-Gutmenschen in trübe Grübeleien. Wir sind verpflichtet, ihnen zu neuem Optimismus zu verhelfen. Das geht nur mit schlechten Nachrichten. Etwa den folgenden.

1. Dein Nachbar hat schon wieder seine Deutschland-Flagge rausgehängt!
2. Der Ministerpräsident von Baden-Württemberg (Sachsen, Bayern, Thüringen) hat die Verbrechen der deutschen Vergangenheit relativiert!
3. Deine offizielle Anerkennung als Globalisierungsgegner verzögert sich!
4. Die Stadtrundfahrt mit ehemaligen Zwangsarbeitern fällt aus!
5. Deine Patenschaft für eine Milchziege in Simbabwe läuft morgen ab!
6. Helmut Kohl bekommt den Friedensnobelpreis!
7. Zwei Ewiggestrige wollen die Stolpersteine auf der Hauptstraße wieder herausreißen!
8. Deine Kurzgeschichte für die Lesung in der Armenhilfsstätte ist abgelehnt worden!
9. Das Stelenfeld in Berlin soll einem McDonald's-Drive-in weichen!
10. Der Typ da drüben hat behauptet, du seist ein typischer Deutscher!

Die letzten beiden Aufmunterungen verwenden wir nur, wenn die Animationsversuche mit den anderen keinen Erfolg gezeigt haben.

Zehn Fragen, mit denen man einem Unschulds-Gutmenschen die Torte wegschnappen kann

Gegen den Hass zu dozieren beschert einem Gutmenschen unvergleichliche Glücksgefühle. Dafür lässt er alles stehen, selbst Champagner, Eis und Sachertorte. Ein Nachmittag im Café mit einem Unschulds-Gutmenschen wird von Amnesty International als Folter zweiten Grades eingestuft. Doch diese Folter lässt sich in Genuss verwandeln. Denn der Unschulds-Gutmensch wird uns dankbar zu Torte und Getränken einladen, sobald wir ihn um seinen Kommentar zu den aktuellen Ereignissen bitten. Sofern er keine allzu feuchte Aussprache hat, können wir während seiner Reden ungestört die besten Leckerbissen verzehren. Ungestört? Ja – wir müssen nur den Kanal zwischen unseren beiden Ohren auf widerstandsfreien Durchzug stellen und sein Gerede als neutrales Grundrauschen einstufen. Wenn seine Satzmelodie eine Pause verheißt oder zu ermüden beginnt, werfen wir rasch mit höchstem Interesse die nächste Frage ein.

1. Wie gelangen wir zu mehr Gelassenheit im Umgang mit dem Terrorismus?
2. Was müssen gerade wir als Deutsche mit unserer Verantwortung beachten?
3. Befürchtest du einen weiteren Abbau der Grundrechte?
4. Wie kann man die weltweiten Ressourcen gerechter verteilen?
5. Meinst du, es gibt eine Alternative zur Eskalation der Gewalt?

6. Hast du nicht den Eindruck, Opfer und Täter werden in unzulässiger Weise vermischt?
7. Wer ist deiner Einschätzung nach der schwierigste Partner im multikonfessionellen Dialog?
8. Wie kann man älteren Migranten zum Erwerb zeitgemäßer Kulturtechniken verhelfen?
9. Wie könnte man das Bewusstsein für die weltweite Problemlage schärfen?
10. Warst du früher Mitglied der Deutschen Gesellschaft für das hochbegabte Kind?

Tagebuch eines Unschulds-Gutmenschen

Die unschuldigen Gutmenschen sind unter uns. Dass wir es nicht immer merken, liegt sicher daran, dass sie ihren Kampf gegen Hass und Gewalt so häufig im Verborgenen führen. Oft sogar unter der Maske des Hasses und zuweilen mit Gewalt – aber nur, damit man sie nicht durchschaut. Denn gute Menschen müssen immer die Überwachung des Staates fürchten. Deshalb müssen wir das Tagebuch eines vorbildlichen Unschulds-Gutmenschen auch ohne Hinweise auf die Identität des Schreibers abdrucken. Die im Text vorkommenden persönlichen Vornamen wurden geändert.

8 Uhr. Schweißnass hochgeschreckt. Schon wieder von Sauron und Lord Voldemort geträumt. Entsetzlich! Warum suchen diese Schreckgestalten mich im Schlaf heim? Ist das ihre Rache für meinen Kampf für das Gute? Können die Bösen nicht ertragen, dass das Schlechte in meiner Psyche keinen Platz findet? Bin nur froh, dass die Hannibal-Lecter-Träume erst mal vorbei sind.

9 Uhr. Ätzend früh aus dem Haus. Unsere Aktionsgruppe mit Ina, Max und Franzi ist in die Martin-Luther-King-Schule eingeladen. Das hat unser Lehrerfreund Andreas Kracke gedeichselt. Endlich Staatsknete für unsere unermüdliche Aufklärungsarbeit! «Projekttag für interkulturelle Projekte und antirassistische Aktionen».

10 Uhr. Andreas ist krank, erfahren wir vor Ort. Nicht untypisch. Nun sollen wir allein in die Klassen gehen und über Hass und Faschismus aufklären. Leichte Beklommenheit. Ob die Schüler wirklich so interessiert und neugierig sind, wie man uns versprochen hat? Programmgemäß sollen zuerst die siebten Klassen etwas über die Ausbeutung der Dritten Welt erfahren.

11 Uhr. Nachdem die Hälfte der Schüler auf den Schulhof geflohen ist, bricht Ina ihr Referat ab. «Das hat ja keinen Zweck mit euch, ihr Arschlöcher!» Sie rennt heulend raus. Die im Raum verbliebenen Schüler schlafen oder haben Knöpfe in den Ohren. «Hört ihr wenigstens multikulturelle Musik?», forscht Max. «Aus dem Whole-Earth-Katalog?» Keiner hört ihn.

12 Uhr. Na, bitte! Die elften Klassen machen begeistert mit bei unserem kleinen Theaterstück. Franzi gibt die Situation vor: Armutsflüchtling will über die Grenze und wird von Grenzer angehalten. Den Rest sollen die Schüler improvisieren. Leider eskalieren die Dialoge in Geschrei. Als eine Prügelei beginnt, verlassen wir den Klassenraum. Dafür sind wir nicht zuständig.

13 Uhr. Entspannung! «Wir bauen eine Moschee» mit den Fünftklässlern. Das geht endlich mal angstfrei und kulturübergreifend. «Habt ihr auch Lust, ein Mahnmal zu bauen?», will Ina wissen. «Jaa!», jubeln sie einhellig. «Dann fällt Mathe aus!» Na, mal sehen. Erst mal müssen wir die Direktorin überzeugen, dass die Schule dringend ein Mahnmal braucht.

14 Uhr. Die Direktorin hat uns nach Hause geschickt. «Vielen, vielen Dank für Ihr Engagement!» Das Geld wird uns überwiesen. Bar wäre besser gewesen! Müssen jetzt irgendwo essen gehen, wo nicht die Globalisierung den Küchenzettel bestimmt. Döner-Bude. Signalisieren dem Kurden, dass wir ihn für friedfertig halten.

15 Uhr. Fußgängerzone. Wir haben noch jede Menge DIN-A4-Blätter, die wir an der Schule verteilen wollten. Es sind mehrsprachige Kalender mit den Feier- und Festtagen aller an der Schule vertretenen Ethnien. Hat Max aus dem Web abgeschrieben. «Möchten Sie auch einen Kalender gegen den Hass?», fragen wir. Die Leute reagieren verängstigt. Kein Wunder im Überwachungsstaat.

16 Uhr. Wir versuchen es mit unserem Straßentheater: Max rempelt Franzi an, sie lässt ihre Tasche fallen; als sie sie aufheben will, trete ich dazwischen und schreie: «Eh, willst du die Tasche klauen? Dreckige Ausländerin, was willst du überhaupt hier?» An der Stelle greift Ina ein: «Eh, lass das Mädchen los!» – Anschließend Diskussion mit Passanten über den Vorfall.

17 Uhr. Heute ist kein guter Tag. Nur Alkis sind stehen geblieben und wollten mit uns reden oder vielmehr ein bisschen Kleingeld haben. Auch unsere Straßenumfrage «Was denken Sie über die Parole ‹Das Boot ist voll›?» scheint zu kompliziert zu sein. Die Leute denken, wir wollen ihnen einen Handyvertrag verkaufen. Schlimm, wie weit es mit Deutschland gekommen ist. Sehr schlimm.

18 Uhr. Irrer Skandal! Franzi entdeckt im Buchladen ein Hörbuch namens «Aufklärung für Kinder» mit einem Beitrag namens «Die Zigeuner»! Von einem Walter Benjamin. Ein Affront! Und das für Kinder! Der Autor ist schon tot, Gott sei Dank! Wir setzen einen offenen Brief an die Zeitung auf mit Kopie an das Europäische Zentrum für Antiziganismusforschung.

19 Uhr. «3sat Kulturzeit» sehen, immer eine echt kritische Sendung. Unsere neue Aktion nimmt Form an. Max hat im Internet entdeckt, dass es zum Runterladen Schlager von Ewiggestrigen gibt: «Am Abend, da spielt der Zigeuner» (Cindy & Bert), «Du schwarzer Zigeuner» (Vico Torriani), «Zigeunerjunge» (Alexandra). In was für einem Land leben wir eigentlich?

20 Uhr. Traurige Absage von Inas Freundin, der Kindergärtnerin. Sie hatte unsere Aktion «Rassismus in Kinderbüchern» befürwortet, aber die Eltern der Kinder haben abgelehnt. Ich schäme mich für Deutschland. Wenn mir jetzt einer mit einer schwarz-rot-goldenen Fahne entgegenkäme, ich würde ihm das Maul stopfen, und zwar mit einem Peace-Zeichen in elf Sprachen.

21 Uhr. Okay, bin wieder versöhnt. An der Katharinen-Kirche hat Franzi ihre quadratmetergroße Fotowand mit Bildern aus Konzentrationslagern aufgestellt. Ina hat Kerzen auf den Asphalt geklebt und Blumen hingelegt. Max hat dazu wieder sein Pappschild mit der Frage «Warum?» aus dem Keller geholt. Stilles Gedenken. Enorm friedliche Stimmung.

22 Uhr. Streit in der Gruppe. Liegt wohl am Bier. Max: «Die Sensibilität eingewanderter Minderheiten ist auf jeden Fall höher zu bewerten als die sogenannten Grundwerte!» Ina: «Aber Toleranz und Freiheit sind gute Grundwerte!» Max: «Nicht für die Moslems, und das müssen wir akzeptieren!» Keine Versöhnung. Sie gehen getrennt nach Hause.

23 Uhr. Franzi erklärt mir: «Er sympathisiert mit dem Islam, damit er paschamäßig mehrere Weiber vögeln kann. Ina ist ihm auf die Schliche gekommen.» Okay, aber sie sollte unsere Aktionen nicht von privaten Empfindlichkeiten überschatten lassen! Später ruft Max an, ob wir zu seinem Mitternachts-Event kommen wollen. Er verbrennt Oriana Fallacis *Die Wut und der Stolz*. Nee, zu müde.

24 Uhr. Franzi amüsiert sich auf der Website www.catsthatlooklikehitler.com. Ist mir zu faschomäßig. Interessant sind die Geschäftsideen auf the-pure-evil.blogspot.com: Terroristenvermittlungsgesellschaft – Euthanasie-Dienstleister – Schlägertruppverleih – Graffiti Schmier- und Schänder-Service. Nicht ernst gemeint, aber einfallsreich. Wir brauchen Knete.

1 Uhr. Höre «Es kommt die Zeit, in der das Wünschen wieder hilft» von den Toten Hosen. Campino soll auch gegen den Hass sein.

Aber wieso verdient er Geld damit und ich nicht? Ein gutes Gewissen ist das beste Ruhekissen, sagte meine Oma immer. Bei mir funktioniert das nicht. «Du könntest auch mal wieder in mein Bett kommen!», ruft Franzi aus ihrem Zimmer. Ach, nöö.

Die neun quälendsten Hobbys von Unschulds-Gutmenschen

... und die schönsten Gegengifte

1. Sie verbieten Negerküsse

Nichts freut gute Menschen so sehr, wie wenn jemandem das Wort «Neger» rausrutscht – etwa für einen schwarzen Afrikaner. Dass jemand dermaßen in die Falle tappt, beschert guten Menschen einen langen glücklichen Tag. Erstens beweist der Tollpatsch, dass er unsensibel und auf jeden Fall schlechter ist als sie. Zweitens spricht er ein Wort aus, das auch ihnen immer auf der Zunge liegt, das sie aber nicht zu sagen wagen. Und dieses Aussprechen wirkt enorm erleichternd.

Das gilt auch für den Fall, dass ein Politiker nicht «Mitbürgerinnen und Mitbürger türkischer Herkunft» sagt, sondern schlicht «Türken». Damit beschenkt er alle Gutmenschen; er stiftet ihnen das ersehnte Überlegenheitsgefühl. Erstens, weil man sich über ihn ereifern kann; zweitens, weil er so befreiend das altgewohnte Wort ausgesprochen hat. Eine Missetat von anderen wirkt immer zugleich aufregend und entspannend. Wie ein schöner kleiner Trip.

Doch von solch glücklichen Augenblicken abgesehen ist der Umgang mit Wörtern für gute Menschen anstrengend geworden. Um sich nicht angreifbar zu machen, müssen sie immer häufiger beschönigende Umschreibungen verwenden. «Amerikanische Ureinwohner» für «Indianer», «Straffälliger» für «Verbrecher», «Feuchtbiotop» für «Matsch», «barrierefrei» für «behindertengerecht», «nicht behindert» für «gesund», «anders befähigt» für «dumm» und «Prekariat» statt «Unterschicht», denn befähigt sind alle, und unten ist niemand.

Oder sind Sie unten? Ich ebenfalls nicht. Und wenn wir uns am Bagel-Shop treffen, sollten wir uns bei der Bestellung schon mal auf «Backwaren mit Migrationshintergrund» einigen für die ursprünglich jüdischen und koscheren Bagels. Denn auch Backwaren und Delikatessen sollten keine diskriminierenden Zutaten enthalten. Das ahnen wir schon länger, weil wir nirgends mehr «Zigeunerschnitzel» angeboten bekommen, nicht mal «Sinti-und-Roma-Schnitzel».

Und natürlich haben wir es daran gemerkt, dass wir schon lange keine «Negerinnen- und Negerküsse» mehr bekommen, sondern nur noch geschlechtsunspezifische und ethnienneutrale «Schokoküsse». Es gibt noch eine Website, die sich dem Schaumgebäck widmet und auf der tatsächlich das Wort «Negerkuss» vorkommt. Der Webmaster erklärt schuldbewusst: «Auch wenn ich hier die Begriffe Negerkuss und Mohrenkopf mitbenutze, möchte ich ausdrücklich erklären, dass ich eine antirassistische Einstellung habe» (www.gekuesst.de/home/Schaumkuss.htm).

Ob diese Erklärung reicht? Oder sollte ein Gutmensch da mal nachhaken? Der Krimi *Zehn kleine Negerlein* von Agatha Christie ist auch schon umbenannt worden. Er heißt jetzt – nein, nicht *Zehn Farbige mit vertikaler Herausforderung*, sondern *Da waren's nur noch neun*. Damit ist einer Abmahnung wegen Diskriminierung hinreichend vorgebeugt.

Am Beginn der verlogenen Sprache stand die Hoffnung, dass ein geänderter Wortgebrauch auch in der Praxis etwas ändert, zumindest im Denken, dass er zum Beispiel die Geringschätzung anderer reduziert oder womöglich beseitigt. Diese Zuversicht hat einst schon die Sprache in Arbeitszeugnissen verwandelt: Negative Bewertungen gibt es dort seit langem nicht mehr. Für das ungeübte Ohr hört sich alles großartig an. Doch der halbwegs Eingeweihte durchschaut die positiven Worte und kennt ihre wahre – weniger freundliche – Bedeutung. Nur die «aktiven Senioren» merken nicht mehr, dass sie eigentlich abgeschobene Alte sind. Dafür fühlen wir uns besser, wenn wir sie nicht in ein «Altersheim», sondern in eine «Seniorenwohnanlage» stecken.

Sich selbst wohl fühlen, möglichst unangreifbar sein und keinesfalls als menschenverachtend dastehen: Das ist der Ursprung der schönen Lügen. Hinter dem verschwitzten Eiertanz beim öffentlichen Sprechen steckt die Furcht, Anstoß zu erregen oder gar als chauvinistisch und reaktionär gebrandmarkt zu werden.

Politiker mussten die Kunst der rücksichtsvollen Umschreibung als Erste lernen. Um wählbar zu bleiben, haben sie darauf zu achten, keine angreifbaren Worte zu benutzen, jedenfalls nicht bei eingeschaltetem Mikro. Sonst heißt es bereits in den Abendnachrichten: «Öffentliche Verbände und Politiker aller Parteien haben mit großer Entrüstung auf die jüngsten Äußerungen von Staatssekretär N. oder Kanzlerkandidat O. reagiert.»

Fernsehjournalisten und Moderatoren haben nachgezogen und beugen sich den ungeschriebenen Gesetzen. Sie sind in ähnlich prekärer Lage, weil es professionelle Anstoßnehmer gibt, die sich herzlich gern im Namen anderer gekränkt fühlen. Mittlerweile reden alle so, als wären sie moralisch lautere und ethisch äußerst verantwortungsvolle Wesen. Öffentlich jedenfalls reden sie so, oder solange Fremde und schwer einschätzbare Leute zuhören. Fast wie damals in der Diktatur. Einen vagen Gesinnungsdruck spürend, sehen sie sich vor. Gutmenschen sind vieles – mutig bestimmt nicht.

Hat die Abschaffung diskriminierender Begriffe frühere Schmähungen ungeschehen gemacht? Wird sie dergleichen für die Zukunft verhindern? Bestimmt nicht. Die Sprachregelungen haben lediglich dazu geführt, dass die Sprachregler sich vergnügt räkeln und dass die Aufpasser noch ein paar Gründe mehr haben, zuzuschnappen. Alle anderen üben sich unterdessen in der Kunst der Lüge, was allerdings nicht die schlechteste der Künste ist: Sie schult das Um-die-Ecke-Denken und die Kreativität. Da haben die Gutmenschen also doch tatsächlich etwas Gutes bewirkt!

Bosheiten für Gutmenschen

In Wiesbaden tagt eine Gesellschaft für deutsche Sprache. Sie stellt jedes Jahr die Begriffe zusammen, die gute Menschen auf keinen Fall benutzen dürfen, und informiert die Öffentlichkeit darüber. Denn diese «Unwörter» sind nicht immer auf Anhieb als böse zu erkennen. Das liegt daran, dass die betagte Jury bald die Rentnerschwemme vermehren wird und trotzdem noch die Moralkeule schwingen möchte. «Rentnerschwemme» und «Moralkeule» hat sie vorsichtshalber schon mal zu Unwörtern erklärt. Aber auch die folgenden gehören dazu: «Jemanden abklatschen», «Gotteskrieger», «Begrüßungszentrum», «Ausreisezentrum», «Zellhaufen», «Kreuzzug», «Abweichler», «freiwillige Ausreise», «Konsumopfer», «Neiddebatte», «Abweichler», «Gewinnwarnung», «Organspende», «Warteschleife», «Blockadepolitik», «Gesundheitsreform», «Besserverdienende», «biologischer Abbau». Nach Ansicht der Sprachrichter sind diese Begriffe «widerlich, unsensibel und inakzeptabel». Das leuchtet nicht auf Anhieb ein. Deshalb machen wir aus den angeklagten zwanzig Wörtern einen lustigen kleinen Test. «Welche dieser Begriffe», fragen wir unseren liebsten Gutmenschen, «sind moralisch besonders verwerflich? Und warum?» Wenn unser Gutmensch wirklich gut sein will, sollte er alle Wörter ankreuzen. Sinkt seine Trefferquote unter siebzig Prozent oder kreuzt er gar nur die Hälfte an, müssen wir ihn eigentlich der Gesellschaft für deutsche Sprache melden. Hoffentlich kann er wenigstens stotterfrei erklären, warum die Begriffe inakzeptabel sind! Wir hören zu und genießen.

Das gemeine Geschenk

++ *Dummdeutsch – ein Wörterbuch* von Eckhard Henscheid (Reclam Verlag). Das Gegenteil der Unwörter-Liste. Dieses lustige Buch enthält alle Wörter, die gute Menschen immer wieder gern benutzen.

Böse Sprüche für gute Menschen

«Zu Schönheit, Wahrheit, Tugend hat die Menschheit es immer nur auf dem Papier gebracht.» *George Bernard Shaw, Autor*

«Wir werden uns für alle deutschen Geiselinnen und Geiseln einsetzen.» *Angela Merkel, Politikerin*

«Man hat seine eigene Wäsche, man wäscht sie mitunter. Man hat nicht seine eigenen Wörter, und man wäscht sie nie.» *Bertolt Brecht, Dichter*

2. Sie kämpfen gegen den Hass

Niemand weiß genau, wo all der Hass herkommt. Die meisten Leute ahnen noch nicht einmal, dass es überhaupt so viel Hass gibt! Vielleicht stimmt es auch gar nicht? Doch, für gute Menschen stimmt es. Sie sehen den Hass überall. Und sie kämpfen unermüdlich dagegen. Sie tragen Buttons gegen den Hass, pappen Aufkleber gegen den Hass an Laternenpfosten und an die Türen uneingeweihter Leute, sie malen Bilder gegen den Hass, dichten Kurzgeschichten und singen Lieder dagegen.

Natürlich nicht gegen ihren eigenen Hass. Sie sind nicht gegen den Hass, der in ihnen aufsteigt, wenn jemand ihnen die Vorfahrt nimmt oder sich im Supermarkt vordrängelt. Sie sind nicht gegen den Hass, der ihren Hals dick werden lässt, wenn dieser blöde Politiker im Fernsehen Reden schwingt oder wenn eine Hotline sie ewig in der Warteschlange hängen lässt. Nein, gute Menschen sind nicht gegen den eigenen Hass. Sie sind gegen den Hass, den andere empfinden. Ihr eigener Hass ist nämlich gar kein richtiger Hass; das ist mehr eine Antipathie oder, noch besser, ein gerechter Zorn, wenn nicht sogar die von Friedensnobelpreisträgern empfohlene Mischung aus Wut und Trauer.

Was gute Menschen empfinden, kann nur gut sein. Umso dringender müssen sie den Hass der anderen bekämpfen. Natürlich nicht in der direkten Auseinandersetzung. Lieber symbolisch. Die Band Böhse Onkelz vollzog vor einigen Jahren eine verblüffende Wendung zum Gutmenschentum, veranstaltete ein Benefizkonzert und ließ T-Shirts verkaufen mit der Aufschrift «Gegen den Hass». Das war eine gute Idee, erstens für die Onkels, und zweitens auch für alle Tanten, Nichten und Neffen. Denn wer so ein T-Shirt trägt, hat es ins Reich der Guten geschafft. Wer keins ergattert hat, kann die Restbestände bei eBay erwerben oder schlicht selbst eins machen. Es gibt auch aufklebbare Tattoos gegen den Hass, gut kombinierbar mit dem Symbol der Friedenstaube, um letzte Zweifel an der Gutheit auszuräumen.

Die Deutsche Bahn, das landesweit unbeliebteste Unternehmen, kämpft auch gegen den Hass. Nicht gegen den Hass, der wegen gestrichener Verbindungen und ausfallender Züge entsteht, bei Umleitungen, gesperrten Zugtoiletten und immer neuen Verspätungen. Nein, das sind keine schönen Themen. Die Bahn ortet die Hass-Ursachen lieber anderswo. Sie lässt jedes Jahr «Bahn-Azubis gegen Hass und Gewalt» im eigenen Zug durchs Land reisen, Flugblätter verteilen und Kreativität üben.

Während auf überfüllten Bahnhöfen der Hass auf Verspätungen

wächst und in überfüllten Zügen die Gewaltbereitschaft steigt, engagieren sich die Gutmenschen-Azubis im virtuellen Raum «gegen Fremdenfeindlichkeit und antidemokratische Tendenzen». Wie machen sie das eigentlich? «Durch kreative Projekte», teilt die Bahn mit. Beispiele der letzten Jahre: «eine Zeitsäule aus Metall über Gewalt in Eberswalde, eine Patenschaft für einen jüdischen Friedhof in Plauen, die Beschriftung einer Lok mit Motiven gegen Hass und Gewalt, ein Modell einer Friedenstaube als völkerverbindendes Motiv sowie Kalender, Plakate, Filme und Websites».

Klingt vielversprechend. Fast möchte man Azubi sein. Aber es geht auch einfacher und ebenfalls virtuell: das eigene Porträtfoto einschicken an die Website www.wir-sind-ade.de, unter der Devise «Zeig dein Gesicht». Wer sein Foto einschickt – dreitausend Menschen guten Willens haben es bereits getan –, zeigt damit dem Hass und dem Rassismus die Rote Karte. Übrigens muss es nicht das eigene Gesicht sein, eine Maske geht auch (Darth Vader ist schon vergeben) oder einfach das Gesicht der Großmutter – nur bitte digital und nicht größer als 1 MB. Die Initiative wandte sich ursprünglich gegen den Hass in Fußballstadien, der einzigen Stätte neben der Boxarena, wo er sich so richtig prollig austoben konnte – bisher. Nun wird der Hass ja flächendeckend beseitigt.

Oder bringt das alles am Ende nichts? Doch, klar! Es bringt den Initiatoren ein gutes Gefühl! Mehr allerdings nicht. Im Gegenteil. Es gibt ein psychologisches Gesetz, das in der Werbung, in der Motivation und in der Therapie angewendet wird. Das Unterbewusste, so besagt dieses Gesetz, merkt sich keine Verneinungen. Das klassische Beispiel dafür lautet: «Denken Sie jetzt nicht an einen rosa Elefanten!» Niemand kann dem Satz Folge leisten. Die Verneinung verpufft wirkungslos. Der rosa Elefant steht als lebendiges Bild vor Augen und bleibt erst mal. Mit jeder Verneinung ist es so. Ein Slogan «gegen den Hass» beschwört den Hass erst so richtig, eine Initiative «gegen Rassismus» propagiert den Rassismus.

Vermutlich unfreiwillig. Vielleicht aber auch nicht. Denn der Dünkel, selbst gut und friedfertig zu sein, nährt sich ja von der Illusion, das Böse sei anderswo. Diese Illusion muss immer wieder neu beschworen werden. Wer sie beschwört oder sonst irgendwie dazu beiträgt, ist gut.

Bosheiten für Gutmenschen

Wir zeigen unserem Gutmenschen, wie er den Flyer zur Anti-Hass-und-Rassismus-Aktion auf www.wir-sind-ade.de herunterladen kann. Wenn er nun noch seinen Drucker anwirft, kann er schnell mal hundert bis fünfhundert Flyer ausdrucken. «Es ist dir doch ernst mit deinem Engagement gegen den Hass?» Nun braucht er die Flyer nur noch hübsch zu falten, und fertig ist ein herrlicher Tag in der Fußgängerzone. «Einen Flyer nehme ich dir gleich ab!», erklären wir unserem Gutmenschen großzügig. «Den Rest wirst du sicher schnell los. Und es wird interessant, was für Abenteuer du beim Verteilen erlebst! Erzähle doch gelegentlich mal davon!» Und tschüs!

Das gemeine Geschenk

Wir überreichen ein Konvolut von Büchern gegen den Hass. Keines dieser Bücher gibt es noch im Buchhandel, aber jedes zum Minimalpreis auf dem Amazon-Marketplace oder bei eBay. Wir ahnen verschwommen, weshalb die Bücher gegen Hass und Gewalt sich partout nicht verkauft haben: Niemand fühlte sich angesprochen. Auch unser Gutmensch nicht. Ausgerechnet! Warum eigentlich nicht? Wir beobachten mal, wie er reagiert, wenn wir ihm eines oder, noch besser, mehrere der folgenden Werke aushändigen: *Hass & Gewalt – Halt*; *Was eine Frau vermag – Mütter gegen den Hass*; *Erziehung gegen Gewalt, ein Buch gegen die Spirale von Aggression und Hass*; *Wir alle sind Fremde, Texte gegen Hass und Gewalt*; *Emanzipa-*

tion statt Sündenbock, ein politisches Gespräch gegen den Hass; *Gegen Angst, Hass und Gewalt, Texte und Bilder*; *Sieben Menschen gegen den Hass*; *Essener Leseheft gegen Hass und Stumpfsinn* und *Hass führt in die Irre.* Grundformel: Je mehr Bücher gegen den Hass wir unserem Gutmenschen überreichen, desto röter schwillt seine Hasskappe.

Böse Sprüche für gute Menschen

«Am liebsten sind mir die Menschen, deren Bekanntschaft mir erspart bleibt.» *André Gide, Nobelpreisträger*

«Ich liebe die Menschen. Aber die Vorstellung, mit einem von ihnen das Zimmer zu teilen, ist mir unerträglich.» *Fjodor Dostojewski, Schriftsteller*

«Nach einigem Nachdenken findet man jeden unsympathisch.» *Laurence Olivier, Schauspieler*

«Es gibt Dinge und Menschen, die sind einfach hassenswert.» *Maxim Biller, Schriftsteller*

«Dein Schweigen ist so tiefsinnig, dass man wünscht, es möge niemals enden.» *Karl Valentin*

3. Sie bürgern Hitler aus

Zwischen 1933 und 1943 wurden in Deutschland Menschen, Straßen und Apfelsorten nach Hitler benannt, es gab Hitler-Parks und Hitler-Berge, Hitler-Eichen, -Höhlen, -Plätze, Hitler-Brunnen, -Brücken, -Schiffe, -Torten, -Restaurants, es gab Führer-Rezepte, Führer-Porzellan-Service und Adolf-Zuchtstiere. Es war so wie unter Stalin, unter Mao oder Castro: Zahllose Städte und Gemeinden wetteiferten darin, das strahlende Idol zum Ehrenbürger zu ernennen.

Für Gutmenschen öffnet sich hier ein herrliches Reich der Entdeckungen. Die kuriosesten Anträge auf führergemäße Umbenennungen hat der Historiker Helmut Heiber in einem Band gesammelt (*Die Rückseite des Hakenkreuzes*). Seine Arbeit kann Gutmenschen beim Recherchieren unschätzbare Dienste leisten. Leider sind nicht alle Anträge auf Ehrenbürgerschaft verzeichnet. Zwischen fünfhundert bis tausend Orte in Deutschland und Österreich sollen Hitler in die Riege der Honoratioren aufgenommen haben. Bei weitem nicht aus allen ist er mittlerweile in Unehren wieder entlassen worden.

Wer also Hitlers Namen irgendwo in den Chroniken entdeckt, hat glänzende Chancen, zum Gutmenschen auf Lebenszeit ernannt zu werden. Er muss nur laut genug auf den Skandal hinweisen und ein paar andere Ablassbedürftige für sein Vorhaben gewinnen. Motto der zu gründenden Bürgerinitiative: «Es ist unerträglich, dass dieser verhasste Name immer noch in den Annalen unserer Stadt geführt wird!»

Häufig besteht obendrein noch eine Städtepartnerschaft mit einem Ort in Israel. Das steigert die Gutheit der Entdeckung. «Wir müssen uns schämen!», kann die Gutmenschen-Gruppe allen weniger Guten erklären. Eine sofortige Ausbürgerung ist unerlässlich, und zwar möglichst feierlich. Gesetzlich erlischt eine Ehrenbürgerschaft mit dem Tod ganz von selbst. Aber nicht im Falle Hitler, denn er ist ja nicht tot. Er ist unsterblich. Deshalb sahen sich Städtchen von Gonsenheim über Hechtsheim bis zuletzt Doberan dem Vorwurf rechtschaffener Menschen ausgesetzt, sie hofierten immer noch dem untoten Führer.

In allen Fällen beschlossen die Stadtversammlungen sehr rasch und immer ohne Gegenstimmen, Hitler die Ehrenbürgerschaft posthum abzuerkennen. Ein großer Sieg guter Menschen, bei dem die Stadtparlamentarier hoffentlich niemals glauben, er ändere etwas an ihrer Schuld! Genau genommen ist es schade, dass die Sache bislang immer ohne Gegenstimmen abläuft. Ein «Ewiggestriger» oder «Geschichtsklitterer» unter den Stadtverordneten wäre für die Gutmenschen-Projektgruppe die Krönung, gewöhnlich «Ungeheuerlichkeit» genannt.

Noch immer nicht abgeschlossen ist die beantragte Ausbürgerung Hitlers aus Deutschland. Hitler hatte 1925 die österreichische Staatsbürgerschaft abgelegt, sieben Jahre später wurde der Staatenlose mit Migrationshintergrund in Deutschland eingebürgert, und zwar in Braunschweig. Eine Gutmenschen-Gruppe möchte ihm nun die Staatsbürgerschaft aberkennen, und zwar «als symbolischen Schritt». Jeder, der dagegen ist, müsse sich die Frage stellen lassen, ob er etwas gegen eine Distanzierung von Hitler hat.

Doch auch auf der Gegenseite ist Gutheit möglich. Denn eine Ausbürgerung kann auch als Verdrängung der Realität ausgelegt werden. Und falls das Ganze dann in die Agenda der Ratsversammlung gelangt, ist noch ein weiteres Unschuldsbekenntnis möglich, wie es bei der Hitler-Ausbürgerung in Mainz ein Gutmensch in den Saal posaunte: «Es ist mir unerträglich, wenn ein Verbrecher auf der Tagesordnung eines freigewählten Parlaments auftaucht und ihm die Ehre einer Beschlussfassung zuteil wird.» Na, bitte. Gutsein ist möglich. Dank Hitler immer wieder, immer neu.

Bosheiten für Gutmenschen

Es gibt rund 370 000 beschriebene Käferarten. Aber es gibt nur einen Hitler-Käfer. Dieser kleine braune Schnellkrabbler lebt in den Höhlen slowenischer Karstgebiete. Sein Entdecker, ein Zoologe namens Oscar Scheibel, ließ den Namen Mitte der dreißiger Jahre eintragen. Für die Kindeskinder des Käfers ein Karrieresprung: Auf Insektenbörsen werden Preise jenseits von tausend Euro für ein lebendes Hitler-Exemplar bezahlt. Auch tote Vertreter sind begehrt. Die Exemplare der Zoologischen Staatssammlung München wurden gestohlen, nachdem die Zeitschrift *National Geographic* auf den

Namensträger hingewiesen hatte. «Anophtalmus hitleri» gilt mittlerweile als ähnlich bedroht wie der Kugelkäfer «Agathidium bushi». Schlechte Menschen sammeln ihn, gute Menschen töten ihn. Kann man ihn nicht auch einfach umtaufen? Wir gründen eine Initiative zur Umbenennung des gefährdeten Tieres und ernennen unseren Lieblings-Gutmenschen zum Vorsitzenden. Er soll sich um das weitere Vorgehen kümmern, mit dem er sich – wie wir versichern – unsterbliche Verdienste im Kampf gegen den Faschismus erwerben kann.

Das gemeine Geschenk

++ Mit den Büchern *Der ganz normale Wahnsinn unterm Hakenkreuz* oder *Die Rückseite des Hakenkreuzes*, beide von Helmut Heiber, können wir unseren Gutmenschen für lange Zeit beschäftigen. Wir überreichen ihm das Geschenk mit der Bitte, mal zu recherchieren, was aus all den nach Hitler benannten Wesen, Orten und Gegenständen geworden ist.

++ Ein kleiner Käfer unbekannter Herkunft, lebend oder tot. «Dies ist der berühmte Anophtalmus hitleri, der Hitler-Käfer. Ein Symbol der schlimmsten Epoche deutscher Geschichte. Ich weiß nicht, was du damit machen willst.»

Böse Sprüche für gute Menschen

«Es wird Zeit, dass dieses Land sich endlich aus den Selbstbespiegelungen seines zwiebelhautengen NS-Diskurses befreit, dass man den Blick von der eigenen Nabelregion ab- und der Welt zuwendet.» *Michael Kumpfmüller, Schriftsteller*

«Die Deutschen neigen zu Betroffenheitskitsch. Das deutsche Gedächtnis gleicht einer riesigen Zunge, die rastlos nach einem schmerzenden Zahn tastet.» *Ian Buruma, Schriftsteller*

«Die Nazizeit ist der stärkste Schnaps, den man sich zur eigenen inneren Aufrüstung oder zur Betäubung des Gegners ausschenken kann.» *Jens Jessen, Kulturkritiker*

4. Sie wollen immer Dialoge führen

Gute Menschen freuen sich stets auf einen Dialog. Am liebsten führen sie einen «Dialog auf Augenhöhe», weniger gern einen Dialog in Höhe der Kniekehlen oder des Bauchnabels. Wenn sie nachts wachliegen, in nimmermüder Sorge um die Entwicklung der Welt, malen sie sich aus, wie überzeugend sie reden würden, zum Beispiel mit einem Gewalttäter. Oder wie sie einem Fanatiker ihre menschenfreundlichen und völkerverbindenden Standpunkte ausführlich darlegen könnten.

Würde ihre friedliche Gesinnung nicht bereits ausreichen? Müssten ihre einleuchtenden Argumente nicht jeden zum Einschwenken auf die Bahn des Guten bewegen können? Eigentlich ja. Auch jene Verwirrten, die zur Gewalt Zuflucht nehmen wollen. «Lass uns erst mal drüber reden», würden die Gutmenschen zu einem irritierten jungen Menschen sagen, der gerade ein Messer gezückt hat oder noch hilflos am Zünder einer Bombe nestelt.

Denn gute Menschen hoffen: Jeder ist im Innersten unschuldig. Beinahe so unschuldig wie sie selbst. Wenn er gern mit Schlagringen hantiert, ist er vielleicht ein bisschen verdorben worden, aber er ist im Herzen gut. Man muss ihn nur daran erinnern. Wenn Gutmenschen bei einem Glas Wein darüber nachdenken, ist das auch ganz einfach. Und im Seminar für gewaltfreie Kommunikation klappt es auch noch. Nur live wird es schwierig. Die Hooligans, die nach einem Fußballspiel ihre Schlacht inszenieren, sind selbst mit dem Megafon nicht mehr zu erreichen. Mit Einfühlung und Therapeutensprache wird es noch schwieriger.

Gutmenschen bewahren ihre Unschuld, indem sie stets ihre Dialogbereitschaft betonen. Sehr wahrscheinlich kommt ihnen die Dialogbereitschaft bereits in der Partnerschaft oder in der Kindererziehung immer wieder abhanden. Aber mit fernen Gewalttätern – da müsste es doch möglich sein. Hallo? Ist da jemand, der im sogenannten offenen Dialog von störenden Handlungen abgehalten werden möchte? Vielleicht ein Islamist, der Deutsch versteht? Der Gutmensch könnte ihn mindestens dazu überreden, die Bombe woanders zu befestigen als ausgerechnet auf der eigenen U-Bahn-Strecke. Und der Kampfhund – könnte er nicht durch eine freundliche Ansprache, «man muss es nur wollen», also vielleicht durch einen Hundeflüsterer, zum Abwarten bewegt werden? Wenigstens bis die kleine Demo der Gutmenschen vorbei ist?

Der Dialog auf Augenhöhe soll schonend geführt werden, schonend vor allem für die Gutmenschen. Ihr Lieblings-Gegenüber, der Fanatiker, Ehrenmörder, Terrorist, soll erkennen, dass er nur ein sogenannter Andersdenkender ist. Jetzt braucht er nur noch einzusehen, dass er nicht auch noch Andershandelnder werden muss. Er soll im Gespräch ein bisschen bellen, damit er nicht beißt, jedenfalls nicht den guten Menschen, der ihn zum Dialog lädt, nach dem Motto: Und willst du noch nicht mein Bruder sein, dann lad ich dich zur Talkshow ein.

Und wenn der Andersdenkende gar nicht erst zum Talk erscheint? Wenn es ihm gleichgültig ist, wie dialogbereit und unschuldig die Gutmenschen sind? Dann müssen sie in Expertenrunden beraten, welche Unterstützung er benötigt. Warum will er nicht reden? Fühlt er sich diskriminiert? Wie kann ihm geholfen werden? Was benötigt er? Was machen wir falsch?

Vermutlich gar nichts. Denn offenbar gibt es Böses, das schlicht nicht therapierbar ist. Und zweifellos gibt es Fanatiker, die Gespräche – vor allem mit Gutmenschen – extrem langweilig finden. Nachgiebigkeit als höchste Tugend ist ein Wohlstandsphänomen, wahrscheinlich sogar ein deutsches. Mehr als die Hälfte der Deutschen halten handgreifliche Selbstverteidigung für Unrecht, besonders wenn der Angreifer dabei verletzt werden könnte. Sie möchten kein schlechtes Gewissen haben.

Selbstverteidigung als Passus im Völkerrecht halten die meisten Deutschen ebenfalls für fragwürdig. Es sei denn, idealisierte Völker der Vergangenheit treten mit Pfeil und Bogen an. Doch diese edlen Wilden betrachteten Mitglieder eines anderen Stammes grundsätzlich als Feinde, niemals als Dialogpartner. Sie wären nicht mal zum Kirchentag gekommen.

In der sogenannten Blütezeit des Islam ließen neuantretende Herrscher, sobald sie den Thron bestiegen hatten, alle potenziellen Konkurrenten umbringen. Das war so üblich. Und ein bisschen ist es vielleicht heute noch so. Es gibt einfach Leute, die im Kern jungfräulich gut sein mögen und die trotzdem anderen die Freiheit und das Leben nehmen möchten.

Wie kann man mit ihnen umgehen, ohne die eigene Unschuld zu gefährden? Nur ohne sie. Also ganz allein, bei einem Glas Wein, in gemütlicher Runde, und abends vor dem Einschlafen.

Bosheiten für Gutmenschen

++ Wir präsentieren unserem unschuldigsten Gutmenschen eine kleine Anleitung zum angstfreien Dialog, wie sie auf dem vergangenen Kirchentag verabschiedet wurde.

«Niemand darf über Fanatiker und Terroristen vorschnell urteilen. Wir alle sind dazu aufgerufen, uns um ein Verständnis des Hintergrunds zu bemühen. Bevor wir zum Beispiel einen Bombenleger bei der auch für ihn nicht leichten Arbeit stören, sollten wir uns in ihn hineindenken. In einem Dialog auf Augenhöhe können wir im Verlauf eines ruhigen Gespräches folgende Fragen klären:

Guten Tag! Befindest du dich gerade in einer schwierigen Phase?
Wie können wir deinen Hintergrund besser verstehen?
Leidest du unter sozialer Scham?
Bist du unter erschwerten Lebensbedingungen aufgewachsen?
Konntest du Anpassungskompetenz entwickeln?
Wurden in deiner Familie Machtspiele ausgetragen?
Musstest du den Verlust einer geliebten Person verkraften?
Hast du gelernt, mit deinen Ängsten umzugehen?
Weißt du, was es heißt, für jemand anderen da zu sein?
Musstest du eine Trennungserfahrung durchstehen?
Ist es dir gelungen, neue Bindungen einzugehen?
Wie hast du deine Traumata bewältigt?
Konntest du Wut und Trauer ausagieren?
Hast du professionelle Hilfe in Anspruch genommen?
Wurdest du bei der kognitiven Verarbeitung unterstützt?
Konntest du Techniken erlernen, Aggressionen zu überwinden?
Welche Angebote können wir dir machen?
Kannst du neue Ressourcen entdecken?
Bei welchen Optionen dürfen wir dich unterstützen?
Hast du noch andere Lösungsmuster parat?»

Das gemeine Geschenk

++ Interreligiöse Wunschsamen. Die Stadtmission Hamburg hat für den interkulturellen Dialog Pflanzensamen bereitgestellt: die Samen von Feuerbohnen, Futtererbsen und Kürbissen. Sie werden von den Besuchern eines stillen Raumes im Hauptbahnhof von Häufchen genommen, in einen Glaskolben gelegt und später von anderen ausgesät. Mit jedem Samen sind Wünsche für Frieden und Völkerverständigung verbunden. Der von uns beschenkte gute Mensch braucht nicht nach Hamburg zu fahren. Wir überreichen ihm Samentütchen, erklären, was es damit auf sich hat, und fordern ihn auf, einen kleinen Wunsch-Acker einzuweihen. Das Geschenk ist preisgünstig und von tiefer symbolischer Bedeutung.

- Dialog-Rezepte. Kochen muss der gute Mensch selbst. Etwa einen «Dialog von Lachs und Zander» oder «von Spargel und Schinken» oder, noch besser, einen «Dialog der Schokoladen»: Schokolade schmelzen, aus Sahne und weißer Schokolade eine Mousse herstellen, aus Sahne und dunkler Schokolade ebenfalls. Auch zu «Bratapfel-Kiwi-Dialog» und «Pampelmusen-Pfirsich-Dialog» gibt es verlockende Rezepte im Web. «Koch das mal! Es ist ein gutes Training für deine Dialogbereitschaft. Und wir essen dann einfach mal, ohne zu reden, ja?»
- Unter zehn Euro: die herzerfrischende Polemik *Die Wut und der Stolz* von Oriana Fallaci (List Verlag). Unter zwanzig Euro: *Mein Leben, meine Freiheit*, die nicht sonderlich islambegeisterte Autobiographie von Ayaan Hirsi Ali (Piper Verlag).

Böse Sprüche für gute Menschen

«Wer Dialog einfordert, tut es immer in der Vorfreude auf den Genuss des eigenen Sprechens.» *Roger Willemsen, Journalist*

«Man kann mit jedem Menschen reden. Die Kunst besteht darin, es zu vermeiden.» *Madame Pompadour, Mätresse*

«In den muslimisch dominierten Vierteln ist Gewalt das identitätsstiftende Element.» *Alice Schwarzer, Autorin*

«Multikulturalismus soll bedeuten: Integration unter Beibehaltung der eigenen Identität. Wenn Frauen eingeschlossen werden und Töchter nicht zur Schule gehen dürfen, ist das die Beibehaltung der eigenen Kultur?» *Ayaan Hirsi Ali, Frauenrechtlerin*

«Respekt ist: wenn man Klitorisbeschneidung als Weltkulturerbe betrachtet.» *Josef Joffe, Publizist*

5. Sie feiern Jahrestage

Früher waren die liebsten Jahrestage aller Gutmenschen der Auschwitz-Gedenktag und der Tag der Bücherverbrennung. Inzwischen sind weitere Gedenktage hinzugekommen, scheinbar aus anderem Anlass, gefeiert jedoch wird stets dasselbe. Und das ist: dass es einmal schrecklich schlechte und richtig schuldige Menschen gegeben hat, die unvorstellbar Verwerfliches getan haben.

Das ist für Gutmenschen ein Grund zum Feiern, denn im Andenken an das ferne Böse fühlt man sich so wundersam lauter und gereinigt, und im Andenken an ferne Schuld wird man wieder so herrlich unschuldig. Gutmenschen betonen an so einem Tag, dass das, was damals geschehen ist, sich auf gar keinen Fall wiederholen darf. Jedenfalls nicht auf dieselbe Weise; auf leicht veränderte Weise geschieht es permanent. Mit glücklicher Trauermiene weisen sie darauf hin, dass man den Anfängen wehren müsse und dass allerhöchste Wachsamkeit vonnöten sei, weil die Bedrohung nie aufhöre. Und falls die Bedrohung aufhören würde – die Gutmenschen würden sie erfinden.

Wo feiern sie denn? In Hoyerswerda, Rostock, Mölln, Solingen; da gab es zunächst Attacken auf Ausländer und Brandanschläge; und wenig später zum Ausgleich Multikultifeste und Protestumzüge. Davon sind zehn oder fünfzehn Jahre später Vereine zur Integration geblieben und ein paar Begegnungsstätten, die allmählich veröden. Einmal im Jahr jedoch werden sie geputzt, und die Vereinsvorsitzenden laufen zu großer Form auf: wenn es zum Jahrestag gilt, sich das Unvorstellbare abermals vorzustellen, wenn möglich mit Kundgebung, Sternmarsch und abendlichem Konzert.

Die Teilnahme an solch einer Veranstaltung gleicht dem segensreichen Ablass, den einst die Kirchen erteilten: Die Sünden während des Jahres sind damit getilgt und vergeben. Wer unerschrocken sein Plakat gegen die Barbarei in die Höhe hebt, darf sich aller Schuld entledigt fühlen. Wunderbar. Möge das Böse nie enden oder wenigstens immer wieder beschworen werden.

Mit ähnlich entlastender Wirkung ziehen jedes Jahr am Palmsonntag Prozessionen schweigend um Gedenkstätten früherer Konzentrationslager; als Unschuldszeugnis und Ablassbrief gibt es Teilnahmebescheinigungen und Gruppenfotos. In Auschwitz-Komitees sammeln sich gute Menschen, die «wider das Vergessen» antreten, was angesichts eines wachsenden Anteils an Demenzkranken in der Bevölkerung tatsächlich angemessen scheint.

Sie organisieren sturzlangweilige Ausstellungen und moralisch einwandfreie Lesungen mit dem krönenden Hinweis: «Der Eintritt ist frei, der Raum ist für Rollstühle zugänglich, bei Bedarf wird in Gebärdensprache übersetzt.» Guter geht's nun wirklich nicht. Wenn Rollstuhlfahrer und Taubstumme mit im Raum sitzen, ist Gott oder etwas noch Höheres persönlich anwesend. Ein solches Übermaß an Edelmut nötigt selbst hartgesottene Gutmenschen zu einer anschließenden langen Erholungspause mit dem Genuss von Horrorfilmen und 3D-Ego-Shootern.

Finden sich Gutmenschen auch am 11. September zu einem Gedenken zusammen? Dreitausend Menschen starben bei einem Terroranschlag islamischer Fundamentalisten. Aber nein, da kommt den Gutmenschen die Sache doch zwiespältig vor. Richtete sich dieser Anschlag nicht auch gegen den Bösmenschen George Bush? Und überhaupt gegen die verdächtigen Amerikaner? Also, nein, das ist kein Tag, an dem Gutmenschen sich eine Ablassurkunde abholen können. An den islamischen Faschismus wollen sie nicht denken, lieber an den guten alten.

Und da gibt es ja zum Glück immer noch den Tag der Bücherverbrennung. An ihm sammeln sich unter dem Motto «Nie wieder» immer wieder AutorInnen und SchauspielerInnen, um sich ihren Ablass in Form moralischer Belobigungen abzuholen. In der analphabetischen Annahme, in Büchern stände von Natur aus etwas viel Wertvolleres als in Zeitungen, erlauben sie Zeitungen zum Anheizen des Kamins, Bücher jedoch nicht. Was denn, nicht mal Bücher von Rechtsradikalen oder Revisionisten dürfen verheizt werden? Na ja, die besitzt natürlich niemand!

Also: Auch schlechteste Bücher dürfen allenfalls in den Altpapier-Container geworfen werden, damit die Stadtreinigung sie verbrennt oder damit ein Recycling-Unternehmen Klopapier daraus macht. Dann können die Bücher den Gutmenschen sogar zum zweiten Mal als Reinigung dienen.

Bosheiten für Gutmenschen

Gutmenschen gedenken gern vergangener Untaten und möchten sich mit gegenwärtigen Untaten möglichst wenig beschäftigen. Besonders, wenn ihnen unklar erscheint, wer da der Böse ist. Gegen diese schwammige Haltung wendet sich das *Manifest der 12*, das wir unserem Lieblings-Gedenk-Gutmenschen gern überreichen – hier in der Übersetzung von Jochen Hehn. Es ist ein Manifest von zwölf überwiegend aus dem islamischen Kulturkreis stammenden Intellektuellen, das sich nicht gegen das Vergessen richtet, sondern gegen das aktuelle Wegsehen:

«Nachdem die Welt den Faschismus, den Nazismus und den Stalinismus besiegt hat, sieht sie sich einer neuen weltweiten totalitären Bedrohung gegenüber: dem Islamismus.

Wir Schriftsteller, Journalisten, Intellektuellen rufen zum Widerstand gegen den religiösen Totalitarismus und zur Förderung der Freiheit, Chancengleichheit und des Laizismus für alle auf.

Die Ereignisse nach der Veröffentlichung der Mohammed-Karikaturen in europäischen Zeitungen zeigen die Notwendigkeit des Kampfes für die universellen Werte. Dieser Kampf kann nicht mit Waffen, sondern muss auf dem Feld der Ideen gewonnen werden. Es handelt sich nicht um ein Aufeinanderprallen der Kulturen oder einen Gegensatz von Okzident und Orient, sondern um einen weltweiten Kampf der Demokraten gegen die Theokraten.

Wie alle Totalitarismen nährt sich der Islamismus aus der Angst und der Frustration. Auf diese Gefühle setzen die Hassprediger, um mit ihren Bataillonen eine Welt der Unfreiheit und Ungleichheit zu erzwingen. Wir aber sagen laut und deutlich: Nichts, nicht einmal Verzweiflung, rechtfertigt Massenverdummung, Totalitarismus und Hass. Der Islamismus ist eine reaktionäre Ideologie. Überall, wo er sich breitmacht, zerstört er Gleichheit, Freiheit und Laizismus. Wo er erfolgreich ist, führt er nur zu einer Welt des Unrechts und der Unterdrückung: der Frauen durch die Männer und aller anderen durch die Integristen.

Wir lehnen den kulturellen Relativismus ab, der im Namen der Achtung der Kulturen und der Traditionen hinnimmt, dass den Frauen und Männern der muslimischen Kultur das Recht auf Gleichheit, Freiheit und Laizismus vorenthalten wird.

Wir weigern uns, wegen der Befürchtung, die ‹Islamophobie› zu fördern, auf den kritischen Geist zu verzichten.

Wir plädieren für allgemeine Meinungsfreiheit, damit sich der kritische Geist auf allen Kontinenten gegen jeden Missbrauch und gegen alle Dogmen entfalten kann.

Wir richten unseren Appell an die Demokraten und freien Geister aller Länder, damit unser Jahrhundert eines der Aufklärung und nicht eines der Verdummung wird.»

Ayaan Hirsi Ali, Chahla Chafiq, Caroline Fourest, Bernard-Henri Lévy, Irshad Manji, Mehdi Mozaffari, Maryam Namazie, Taslima Nasreen, Salman Rushdie, Antoine Sfeir, Philippe Val, Ibn Warraq

Das gemeine Geschenk

- Das Buch *Schöner denken* von Josef Joffe, Dirk Maxeiner, Michael Miersch, Henryk M. Broder. In Form eines Lexikons behandeln vier boshafte Autoren die Lieblingsworte guter Menschen.
- Wir überreichen eine Terminliste mit allen wichtigen Gedenktagen für Gutmenschen. Wir können auswählen aus der Unesco-Liste: http://www.unesco.de/116.html oder aus der generellen Gedenk-Liste auf de.wikipedia.org/wiki (Liste der Gedenktage und Aktionstage) oder, spezieller und gutmenschlicher, auf Seiten wie www.muenchner-friedensbuendnis.de/aktuelles oder www.attac.de/termine.

Böse Sprüche für gute Menschen

«Der Massenmord wird zur PR-Kampagne fürs gute Gewissen und zum Kräftemessen in der öffentlichen Arena. Am Ende geht es nicht um die Deportierten und Ermordeten, sondern um die Leute, die um einen Platz in der Hall of Fame der Erinnerung kämpfen.» *Henryk Broder, Publizist*

«Die Debatte hängt wie eine kaputte Schallplatte bei der Beschwörung ‹Nie wieder Auschwitz› fest – eine Leerformel, die mit wirklich allem gefüllt werden kann.» *Eva Menasse, Schriftstellerin*

«Manche Bücher entfalten erst im Kamin ihr volles Aroma.» *Manuel Vázquez Montalbán, Romancier*

6. Sie geben sich als Opfer aus

Wer auf keinen Fall als Täter in Frage kommen will, gibt sich am besten als Opfer aus. Opfer sind im allgemeinen Wortgebrauch unschuldig. Zum Glück ist es nicht schwer, sich als Opfer zu fühlen. Sind Sie freiwillig auf die Welt gekommen? Ich ebenfalls nicht. Eine alte englische Weisheit besagt: Unsere Eltern ruinieren die erste Hälfte unseres Lebens, unsere Kinder die zweite. Danach folgt übrigens eine Phase, die schon wieder von den Eltern ruiniert wird, wenn sie alt sind und besucht werden möchten ... Und zum Schluss wird das Leben abermals von den Kindern ruiniert, die ihre alten Eltern – uns – nicht besuchen möchten.

Sei's drum. Wir sind Opfer von Unfällen, Wetterumschwüngen, Krankheiten, Schicksalsschlägen. Überdies werden wir von Lehrern, Vorgesetzten und vom Staat gepeinigt, vom Partner missverstanden, von Nachbarn, Kollegen, Verkehrsteilnehmern malträtiert. Es gibt unendlich viele Gründe, sich als Opfer zu fühlen. Gründe, sich als Täter zu fühlen, sind hingegen rar.

Gute Menschen haben diesen simplen Mechanismus für sich entdeckt. Außer für das Gute sind sie für nichts verantwortlich. Niemals jedenfalls für Fehler, Irrtümer, Versäumnisse. Da haben andere Schuld, und wenn diese anderen persönlich nicht greifbar sind, gibt es zum Glück ja gewinnsüchtige Konzerne, rücksichtslose Globalisierer und lobbyhörige Regierungen.

Gute Menschen möchten sich als Opfer fühlen, und sie möchten dieses Gefühl um keinen Preis missen, auch nicht, wenn sie längst aktiv, befreit, emanzipiert oder gar Täter geworden sind; im letzten Fall sind sie vermutlich Märtyrer. Allerdings: Sich als Opfer fühlen und als Opfer anerkannt werden sind leider zweierlei. Wie schafft man es, auch von anderen Leuten als Opfer anerkannt zu werden? Die empfehlenswerteste Taktik (Stiftung Warentest: «sehr gut») ist die Mitgliedschaft in einer Minderheit.

Seit kurzem hat Deutschland ein Anti-Diskriminierungsgesetz. Es weist Gutmenschen den richtigen Weg. Denn es ächtet Benachteiligung aufgrund von Rasse, ethnischer Herkunft, Geschlecht, Religion, Weltanschauung, Behinderung und sexueller Orientierung. Jeder ist schon mal wegen eines dieser Faktoren benachteiligt worden. Na, wunderbar. Fertig ist das Opfer.

Aber wenn der Gutmensch nun partout noch nie diskriminiert wurde? Wenn er weder schwarz noch braun, noch rot ist, nicht mal rothaarig, wenn er weder freikirchlich, atheistisch, jüdisch, muslimisch oder serbisch-orthodox ist, wenn er über keinen Großvater verfügt, der sich gegen den Faschismus geäußert hat, wenn er keinen Migrantenhintergrund aufweist, kein Analphabet ist und auch nicht behindert wirkt?

Dann gehört er erst recht zu einer Minderheit, und zwar zu der weltweit am häufigsten diskriminierten Gruppe: der der intelligenten, sensiblen und kritischen Menschen. Damit ist er berufen, sich im Namen jeder beliebigen Opfergruppe gekränkt zu fühlen, vor allem im Namen derjenigen, die ihre Diskriminierung selbst noch gar nicht bemerkt hat. Dann werden wir sicher bald von ihm oder ihr hören.

Bosheiten für Gutmenschen

Drei Fragen, mit denen wir unseren Opfer-Gutmenschen ganz unschuldig daran erinnern, dass er Täter ist. Am wahrscheinlichsten ist das im Gutmenschen-Bereich Umwelt. Denn da macht niemand alles richtig.

- Benutzt du eigentlich immer noch herkömmliche Glühbirnen? – Ach, das finde ich schade. Du weißt doch, dass Energiesparlampen den Strom viel effizienter in Licht umwandeln? Und du weißt auch, dass eine gewöhnliche 60-Watt-Birne in einer Stunde genauso viel Strom verbraucht wie ein beheizter Klodeckel, wenn man ihn die ganze Nacht anlässt?
- Du bist in den Urlaub geflogen? Mit einem Flugzeug? – Das ist ja bedauerlich. Ließ sich das nicht verhindern? Hättest du nicht an der Ostsee Urlaub machen können? Ganz normal, im Regen? Du weißt doch, dass jede Fernreise pro Kilometer eine Tonne CO_2 in die Atmosphäre pustet? Wenn ihr zweihundert Leute an Bord

wart und zweihundert Kilometer weit geflogen seid, gehört exakt eine Tonne davon dir! Hast du zum Ausgleich eine Spende an «Atmosfair» gegeben? Pro Tonne müssten es real rund tausend Euro sein. Ich suche dir mal die Kontonummer raus.

++ Fährst du eigentlich ein Hybrid-Auto? Oder ein elektrisches? Oder eins mit Bio-Alkohol? Wie bitte, einen Benziner? Und sag mal, wie viel verbraucht dieser Wagen? So ein bis zwei Liter auf hundert Kilometer? Wie bitte? Sechs Liter? Acht?! Ja, weißt du denn nicht, dass so ein Abgasausstoß heutzutage schlimmer ist als alle Atomversuche der sechziger Jahre zusammengenommen? Aber du bist doch nicht mit deinem Auto zu dieser Party gekommen? Was? Ich glaube es nicht. Ich glaube es einfach nicht! Ausgerechnet du ein Klimakiller! Das tut weh. Das tut echt weh.

Das gemeine Geschenk

Wir überreichen unserem Gutmenschen eine Urkunde. Darin zählen wir einfach auf, wofür er sich hält. «Du bist mutig, kritisch und kreativ. Wir erleben dich als nachdenklich und als betroffen, aber stets zugleich als engagiert und unbequem. Du bist authentisch und unangepasst, in deinem Wort glaubwürdig und in deinen Handlungen unprätentiös. Du bist ein Querdenker und doch zugleich konsensfähig, problembewusst und doch stets zukunftsorientiert. Du bist offen und wandlungsfähig, ja, du bist für uns und für alle wichtiger denn je.» Diese Urkunde können wir ohne weiteres auf jedem Geburtstag überreichen, zur Erstkommunion oder zum Einzug ins Altersheim, sie eignet sich als kurze, aber unübertreffliche Rede und ebenso als Grabspruch. Der Gutmensch wird sie dankbar akzeptieren. Und erst dadurch wird er das, was er gern sein wollte: ein Opfer. Allerdings nicht der Bosheit anderer, sondern seines eigenen Dünkels. Das ist er immer gewesen. Jetzt hat er es, ohne dass er es gleich merkt, schriftlich.

Böse Sprüche für gute Menschen

«Wie kein anderes Volk auf der Welt sind die Deutschen ein Volk der Bürgerinnen und Bürger. Es gibt Erstsemesterinnen, Betriebsrätinnen, Doktorandinnen. Wo bleiben die Steuerhinterzieherinnen, die Extremistinnen, die Dealerinnen und Schwarzfahrerinnen?» *Bastian Sick, Autor*

«Ein Mann muss Sorgen haben, und ein deutscher Mann besonders.» *Curt Goetz, Schriftsteller*

«In den Feuilletons wird gezuckerter Wein gereicht. Die Welt ist komplizierter, als diese süffigen Ironien erkennen lassen.» *Joschka Fischer, Politiker*

7. Sie trinken Caipi für einen guten Zweck

Gutmenschen wissen oft selbst nicht, was ihnen am meisten am Herzen liegt: die Armut oder der Frieden oder die Gerechtigkeit. Deshalb nehmen sie gern an Veranstaltungen teil, die den Einsatz für all das zusammen garantieren. Es handelt sich um Veranstaltungen «für einen guten Zweck».

Ob alle anderen Veranstaltungen, die nicht so heißen, insgeheim einem bösen Zweck dienen? Vermutlich. Aber Gutmenschen sind nur da zu finden, wo zum Beispiel «das größte Risotto aller Zeiten» gebacken wird, und zwar «als Zeichen gegen Unternährung». Sie zahlen zehn Euro für ein «Danke-Konzert», wovon ein Euro für ein Kinderhospiz abgezweigt wird. Es kann sein, dass die Musiker gruselig sind oder endlose Pausen einlegen, wie bei den Live-8-Konzerten, aber dann trinken die guten Menschen einfach etwas mehr Caipirinha und legen sich ins Gras, und wenn sie wieder aufwachen, wissen sie nicht mehr genau, ob sie nicht in Wahrheit an der Love Parade teilgenommen haben. Die diente ja auch schon dem Weltfrieden.

Gutmenschen laufen in der Gruppe zehnmal um einen See oder einen Turm, womit auf magische Weise ebenfalls einem guten Zweck gedient ist. Sie wandern ein paar Kilometer weit mit in einem «Langen Marsch der Gerechtigkeit», der irgendwie für die bessere Verteilung der Ressourcen sorgt. Sie spenden, damit ein behinderter Junge mit Delfinen schwimmen darf oder ein blinder Junge Musik hören kann oder damit Flutopfer Decken bekommen. Und sie sind gern beim «Einsatz für die Schwachen» dabei, sofern sie nicht selbst mit anpacken müssen. Es soll mehr so Gala- und Festival-Charakter haben.

So besuchen sie das «Cinema for Peace»-Festival, obwohl sie sich bei den Filmen langweilen, anschließend die «Gala für notleidende Kinder», wenngleich die holprigen Darbietungen in die Kategorie «gut gemeint» fallen. Sie lauschen einer scheußlichen Lesung, die der Schaffung einer Obdachlosen-Begegnungsstätte dienen soll. Sie verzehren ein Menü, das die «Armenkasse» serviert, obwohl es den Gaumen beleidigt. Aber all das dient ja auch nicht dem vordergründigen sinnlichen Genuss, sondern einem viel höheren Zweck: der Reinigung des eigenen Gewissens und dem Eintritt in die Gruppe der Guten.

Den Spendern von Beifall und Geld wird es vermutlich nicht gelingen, von der Queen zum «Ritter im Kampf gegen die Armut» ernannt zu werden, wie es Bob Geldof und Paul Hewson alias Bono vergönnt war. Aber sie können ihre Gutheit beweisen, indem sie solchen Helden folgen. Und wenn sie dann noch einen Ball zugunsten der Muskelschwundhilfe besuchen, ein Sternsingen für die Dritte Welt ertragen und sich beim Einkaufen einem vorbeischlurfenden Bettlermarsch anschließen, wenigstens bis zum nächsten Laden – dann ist das Konto auf der Habenseite bis zum Platzen mit Gutpunkten gefüllt. Dann können sie sich fortan jede Menge Scheußlichkeiten im Alltag erlauben. Dann können sie Bettlern die Tür weisen, verhaltensoriginelle Migranten-Jugendliche anzeigen oder sich breit auf einen Behindertenparkplatz stellen – an ihrer grundsätzlichen Gutheit ist nichts mehr zu ändern.

Bosheiten für Gutmenschen

Aufgeklärte Mitteleuropäer kaufen ungern Dinge – Schmuck, Möbel, Teppiche –, die durch Kinderarbeit entstanden sind. Das ist vielen arbeitenden Kindern unangenehm aufgefallen. Sie wenden sich jetzt gegen das europäische Gutmenschentum in der «Bewegung arbeitender Kinder und Jugendlicher». Sie möchten arbeiten, und sie möchten verkaufen. Wie viele Millionen Kinder, vor allem in Entwicklungsländern, ihren Eltern helfen und Geld zur Familienkasse beisteuern, weiß niemand genau. Vermutlich um die zweihundert Millionen. Sie putzen Schuhe, knüpfen Teppiche, basteln Schmuck, helfen bei der Reisernte, bieten als Straßenverkäufer Blumen, Eis und Souvenirs an. Sie gehen zur Schule – aber oft nur deshalb, weil sie selbst das Geld dafür verdienen. Ein Verbot der Kinderarbeit, ermittelte jetzt die Unesco, würde den Kindern nur schaden, weil ihr Handeln damit kriminalisiert werden würde. Deshalb soll ein Gesetz aus den siebziger Jahren gekippt werden, mit dem die Internationale Arbeitsorganisation ILO Kindern unter 15 Jahren das Arbeiten verbietet. Auch Kinder, stellt nun ein Unesco-Ausschuss fest, hätten ein Recht zu arbeiten. Und was heißt das für Gutmenschen? Dass sie jetzt Produkte aus Kinderarbeit kaufen sollen? Ja, genau. Das Leben wird immer schwieriger.

Das gemeine Geschenk

Das 2-DVD-DigiPack *Geldof in Africa.* Eine BBC-Dokumentation über Wohltätigkeitsmusikus Bob Geldof auf Reisen. Geldof fährt in sechs Folgen durch Afrika, «um die durchschnittlichen Afrikaner zu verstehen und durch ihre erzählten Erlebnisse auch die Kräfte zu verstehen, die diesen Kontinent so schwierig machen». Geballtes Gutmenschentum, ab sechs Jahren freigegeben, nur für ganz toughe Gütlinge erträglich.

Böse Sprüche

«Der Gegensatz von Kunst ist nicht Natur, sondern ‹gut gemeint›.» *Gottfried Benn, Dichter*

«Die Welt ist wie Brei. Zieht man den Löffel heraus, gleich klappt die Geschichte wieder zusammen, als ob nichts passiert wäre.» *Wilhelm Busch, Dichter*

«Das Gesetz der Geschichte lautet: Steh auf, damit ich mich setzen kann.» *Charles de Talleyrand, Diplomat*

«Die Bewohner der wohlhabenden Nationen schlafwandeln im unpolitischen Pazifismus.» *Peter Sloterdijk, Philosoph*

8. Sie machen alles wieder gut

Gute Menschen sehnen sich nach Reinheit. Sie möchten, dass ihr Gewissen rein ist – oder dass es zumindest anderen rein erscheint. Und sie möchten, dass ihr Land rein ist. Nicht judenrein; das war ein paar Generationen vorher. Aber rein von allem Bösen. Dazu versuchen sie, böse Spuren zu tilgen – oder durch Wiedergutmachung karmisch auszugleichen.

Christliche Gutmenschen haben sich darangemacht, die Spuren des Patriarchats aus der Bibel zu löschen. Das ist nicht einfach bei einer Patriarchen-Religion! Doch das Ergebnis ist prächtig. Die sogenannte *Gerechte Bibel* spricht von Prophetinnen und Jüngerinnen, sie hat das Wort «Herr» gestrichen und nennt Gott stattdessen «die Lebendige». Als Nächstes soll der Koran ins Gerechte übersetzt werden. Das wird noch lustiger.

Ebenfalls bereinigt und endlich gut werden sollen die Namen von Straßen, Schulen und Plätzen. Auch das ist schwierig. In Hamburg sorgte eine Gutmenschen-Initiative dafür, dass eine «Gustav-Frenssen-Straße» umgetauft wurde. Denn dem einst ortsansässigen, längst vergessenen, nur noch von Arno Schmidt gepriesenen Schriftsteller

Frenssen konnte eine rassistische Gesinnung nachgewiesen werden. Wie konnte die Straße reingewaschen werden von so einem schweren Erbe? War das überhaupt möglich?

Ja. Es ging. Aber nur durch radikale Flucht nach vorn: durch die Umbenennung in «Anne-Frank-Straße». Dankbarkeit bei den Briefpapierdruckern, Erleichterung im Ortsamt. Doch des Dichters verdächtige Werke spuken immer noch unangetastet als Straßennamen in der Gegend herum: «Jörn-Uhl-Straße», «Babendiek-Straße», benannt nach gesinnungsunreinen Romanen.

Es ist eben aufwendig, wenn man anfängt, wirklich gründlich reinezumachen. Im Rheingau wehrten sich phlegmatische Anwohner gegen die Änderung ihrer Anschrift, weil sie zufällig in einer Rudolf-Dietz-Straße wohnten oder ihre Kinder auf eine Rudolf-Dietz-Schule schickten. Mundartdichter Dietz, 1863 geboren, war als Siebzigjähriger in Hitlers Partei eingetreten und hatte den Führer alsbald hymnisch bedichtet. Fast so anbetend, wie seine Kollegin Luise Rinser ihr Vorbild Stalin bedichtet hatte, bevor sie Präsidentschaftskandidatin der Grünen wurde.

Okay, weg mit Dietz vom deutschen Anteil der Erdoberfläche. Wer muss noch verschwinden? Alle Antisemiten früherer Jahrhunderte, von Bach über die Brüder Grimm bis Wilhelm Busch? Da eröffnet sich für beschäftigungslose Gutmenschen ein großer, unkrautbewachsener Acker. Die Bürgerinitiative gegen den Straßennamen «Hermann Löns» wegen dessen nationalsozialistischer Vergangenheit ist wieder zerbröckelt, vielleicht weil Löns schon 1914 gestorben war und keine Chance hatte, Nazi zu werden. «Aber er wäre einer geworden», argumentierten die Straßenreiniger, «wenn er nur lange genug gelebt hätte.»

Schon möglich. Man weiß es ja wirklich nicht. Die prognostische Weiterführung von Lebensläufen von vorzeitig Verstorbenen in die Nazizeit oder in eine vorgestellte Diktatur hätte am Ende die wohltuende Konsequenz, dass überhaupt keine Straße nach irgendeinem

Bürger oder einer sogenannten Geistesgröße benannt werden würde.

Selbst Lichtgestalten haben stets ihre unreinen Schattenseiten, Gandhi in Hinsicht auf Weib und Kind, Nelson Mandela im Verhältnis zu Untergebenen, Albert Schweitzer in Bezug auf sein Rassenverständnis, bei Oskar Schindler und Rudi Dutschke sind ebenfalls Sonderbarkeiten aufgetaucht, ja, selbst Jesus hätte laut *Gerechter Bibel* manches besser machen sollen. Nach ihm ist allerdings auch keine Straße benannt. Alle anderen Namen werden vielleicht zunächst durch Frauennamen ersetzt und bei der nächsten Säuberungswelle ganz und gar verschwinden. Manhattan hat die Straßen nummeriert, das wirkt neutral.

Was kann man noch tun, um sich an den Sünden früherer Generationen zu reinigen? Mahnmale aufstellen, ehemalige Zwangsarbeiter einladen, einem Verein für Erinnerungskultur beitreten, Stolpersteine bestellen. Vielsprechend ist der Ansatz, in der Vergangenheit jener Künstler zu forschen, die in der Nazizeit nicht emigrierten. Hat Johannes Heesters im Konzentrationslager gesungen? Warum hat Heinz Rühmann Goebbels nicht angespuckt? Warum sind überhaupt Leute im Land geblieben? Es wird schon niemand einen Stecken so ganz und gar ohne Staub und Dreck haben. Aber derjenige, der den Stecken eines anderen ausgräbt und hochhält und als skandalöse Entdeckung herumzeigt, der hat alles gutgemacht. Der ist rein.

Bosheiten für Gutmenschen

Keine Wiedergutmachungs-Idee war in den letzten Jahren so erfolgreich wie die Stolperstein-Idee des Bildhauers Gunter Demnig. In Erinnerung an Deportierte der Nazizeit verlegt der Mann vor ihren einstigen Wohnhäusern viereckige Messingsteine. Darin eingraviert sind ihre Namen, Geburts- und Sterbedaten und der Deportationsort. Der Mann hat dafür Verdienstorden und Ehrenbürgerschaft bekommen; er expandiert mittlerweile auch ins europäische Ausland und darf sich bis an sein Lebensende zu den Guten zählen. Doch auch andere wollen unschuldig und gut sein. Zum Beispiel unser Lieblings-Gutmensch. Deshalb fordern wir ihn auf, die Patenschaft für einen Stolperstein zu übernehmen. Die ist für zurzeit 95 Euro zu haben. Anmeldung auf www.stolperstein.com. Noch besser ist es natürlich, wenn unser Gutmensch gleich einen Namen vorschlagen kann. Aber bitte nicht den seines frühzeitig national abgedrifteten Großvaters. Da muss gründlicher recherchiert werden! Wir bitten um gelegentlichen Bericht vom Fortschritt der Erkundungen.

Das gemeine Geschenk

Für rund zwölf Euro können wir unseren Gutmenschen für lange Zeit beschäftigen: Wir beschenken ihn mit dem Buch *Kolonialschuld und Entschädigung. Der deutsche Völkermord an den Hereros* von Janntje Böhlke-Itzen. Es sei denn, unser Lieblings-Gutmensch hat sich damit schon beschäftigt. Das ist aber unwahrscheinlich. Bislang hat er oder sie vermutlich geglaubt, die nationalsozialistischen Verbrechen stellten alles in den Schatten. Das tun sie auch. Doch im Schatten gibt es noch viel zu entdecken.

Zum Beispiel die deutsche Kolonialgeschichte mit der Niederschlagung des Herero-Aufstands. Das ist lange her, gut hundert Jahre, doch vor dem Europäischen Gerichtshof klagen die Urenkel der Hereros auf Entschädigungsgelder. Der Prozess, behaupten sie, werde ins Unendliche verschleppt, weil die Richter – Franzosen, Engländer, Niederländer – selbst aus Nationen kommen, die eine opulente Geschichte kolonialer Verbrechen hinter sich haben. Vielleicht ist das wahr. Unser Gutmensch sollte sich etwas gründlicher um dieses vernachlässigte Kapitel kümmern. Hier sind noch unverbrauchte moralische Gütepunkte zu ernten, von denen andere Gütlinge noch nicht einmal etwas ahnen.

Böse Sprüche für gute Menschen

«Früher haben die Deutschen rassische Überlegenheit in Anspruch genommen. Jetzt haben sie die moralische Überlegenheit für sich entdeckt.» *Norman Mailer, Schriftsteller*

«Als ich Albert Speer besuchte, sagte er: ‹Hitler ist für mich immer noch leibhaftig anwesend.› Ich fragte, ob er später mit einem anderen Politiker eine ähnliche Erfahrung gemacht habe. Er nickte: Rudi Dutschke, der Bürgerschreck, der Anti-Hitler! Ich verstand ihn genau: diese fanatischen Augen! Speer war einfach verliebt in dieses Führerfleisch.» *Harry Mulisch, Schriftsteller*

«If the Nuremberg laws were applied, then every post-war American president would have been hanged.» *Noam Chomsky, Sprachforscher*

«Es ist gar kein Zweifel, dass einige theoretische Ideen des Faschismus moderner sind als die Demokratie.» *Kurt Tucholsky, Autor*

9. Sie fürchten, als Deutsche zu gelten

Manchmal hilft alles nichts. Da hat ein Gutmensch nun stundenlang in einer Lichterkette gestanden. Er hat zu Ostern Gedichte gegen den Krieg verfasst, im Sommer für einen guten Zweck Fußball gespielt, hat im Herbst ein Aquarell für die Völkerverständigung gemalt, dann Kekse gegen den Extremismus gebacken, zu Weihnachten Geld gespendet für Kinder in Not, er hat für fünf Euro im Monat eine Ziege in der Dritten Welt adoptiert und für einen weiteren Euro die Patenschaft für ein Stück Regenwald übernommen, er hat das ganze Jahr über Musik gegen den Fremdenhass gehört, mehrfach an Multikultifesten teilgenommen, womöglich sogar an einem Krötentunnel mitgebaut, und nun muss er sich von irgendeinem Unwissenden, entsetzlicherweise auch noch von einem Ausländer, sagen lassen: «Ihr Deutschen seid alle so effizient.» Als gehöre er dazu! Ja, schlimmer noch: «Du bist irgendwie ein typischer Deutscher.»

Ein Leben der Gutheit – auf einen Schlag zunichtegemacht. Wie kann so etwas geschehen? Wie kann er für etwas gehalten werden, das er zu vermeiden trachtet, was er aber leider gegen seinen Willen von Geburt an ist?

Gutmenschen unterhalten sich in Amerika gern auf Englisch, um für einheimisch gehalten zu werden. Sie werfen in Frankreich mit ein paar Brocken «bonjour» und «formidable» um sich und bemühen sich, das Baguette genauso zu essen wie die Franzosen. In Italien trinken sie Espresso im Stehen und setzen notdürftig zehn Vokabeln ein, sobald andere Deutsche sich nähern.

Ach, die Gutmenschen möchten so gern etwas anderes sein, möchten so gern hören, dass sie englische Lässigkeit an sich haben oder über italienische Lebensart verfügen, dass ihr Charme französisch ist und ihr Stolz spanisch. Sie sagen: «Ich mag die Engländer», oder: «Die Italiener liegen mir.» Sie ziehen vielleicht sogar hin, mindestens vorübergehend, und sanieren die Ruine eines Bauernhauses, landestypisch natürlich, um ganz dort hinzugehören und akzeptiert zu werden.

Alles vergeblich. Gerade dieser Eifer, dieses ängstliche Bemühen, alles richtig zu machen, und der moralische Anspruch zeichnen sie als deutsch aus. Ist das schlimm? Eigentlich nicht. Aber damit ist ihre Unschuld befleckt. Vielleicht sogar für immer. «Ihr Deutschen seid immer so fleißig.»

Hat es Sinn, dass sie dem Ausländer, der unbegreiflicherweise ihre Herkunft erkannt hat, rasch erklären, dass ihre Großeltern niemals für Hitler gestimmt haben? Ganz im Gegenteil? Das interessiert ihn nicht. Oder dass sie selbst in keiner Weise national fühlen und dass sie Patriotismus und dieses Fahnengeschwenke für ziemlich veraltet halten? Das findet er womöglich befremdlich. Hilft es etwas, wenn sie das Steuer herumreißen und zu bedenken geben, dass die deutschen Tugenden ja auch etwas Gutes haben, dass sie immerhin für eine sorgsame Ausbildung von Terroristen nützlich waren?

Kommt darauf an, woher das Gegenüber stammt. Tatsächlich geraten Gutmenschen zuweilen im Ausland in einen Gewissenskonflikt. Etwa in arabischen Ländern und zuweilen auch in Asien. Da nickt ihnen der Hotelportier anerkennend zu, sobald er erkannt hat, woher sie kommen, und versichert ihnen zu ihrem Entsetzen: «Hitler was a great man!»

Was tun Gutmenschen in dieser Not? Sie wenden erst mal den Blick zur Decke des Raumes. Handelt es sich um einen Test mit versteckter Kamera? Dann müssten sie sich jetzt sofort antifaschistisch verhalten. Aber wie eigentlich? Und damit würden sie sich ja leider gegen diesen Ausländer stellen müssen, der ein Muslim und eigentlich ganz nett ist und dem sie gerade noch völkerverbindend versichert haben, dass sie den Islam für eine friedliche Religion halten.

Es gibt keine komfortable Lösung für so einen Konflikt. Die komfortable Lösung bestände darin, dass die Gutmenschen Engländer oder Franzosen wären. Aber das sind sie nicht. Und dass sie sich «als Europäer fühlen», nimmt ihnen auch niemand ab, zumal es sterbenslangweilig klingt. Nein, sie können ihre Herkunft nicht verleugnen und können der Geschichte ihres Volkes nicht entspringen. Sie sind Deutsche, gerade in Augenblicken, wo sie es partout nicht sein wollen.

Können sie mit dieser Tatsache entspannt leben? Absolut nicht. Aber wir, die sie dabei beobachten, sind völlig entspannt und dankbar für die Komödie.

Bosheiten für Gutmenschen

Gutmenschen halten sich für Individualisten. Sie glauben, dass sie nicht einzuordnen sind, schon gar nicht «in eine Schublade». Aber genau dahin gehören sie. Denn sie selbst sind die perfekten Vertreter des Schubladendenkens. Wir können sie ein bisschen foltern, indem wir sie selbst einschätzen lassen, in welche Schublade sie gehören. Dass sie Deutsche sind, ist schon mal eine auffällige Schublade im internationalen Schrank. Im Verständnis der Gutmenschen die unterste. Da gehören sie rein. Und diese Schublade ist in Fächer unterteilt. Soziologen teilen die Deutschen in Milieus ein. Hier sind zwei verschiedene populäre Listen. Wir legen eine davon unserem Gutmenschen vor und fragen ihn, wo er sich einordnet. Das sogenannte Sinus-Sociovisions-Institut hat zehn deutsche Milieus ermittelt:

1. Traditionsverwurzelte
2. Konservative
3. DDR-Nostalgiker
4. Etablierte
5. Bürgerliche Mitte
6. Konsummaterialisten
7. Postmaterielle
8. Moderne Performer
9. Hedonisten
10. Experimentalisten

Unser Gutmensch empfindet sich vermutlich als Experimentalist. Denn in seinem Selbstverständnis ist er spontan und innovativ. Wenn er hart im Nehmen ist, teilen wir ihm noch unsere Einschätzung seiner Schublade mit. Das Infratest-Institut hat auch deutsche Milieus erkannt und sie ein bisschen anders benannt:

1. Abgehängtes Prekariat
2. Autoritätsorientierte Geringqualifizierte
3. Selbstgenügsame Traditionalisten
4. Bedrohte Arbeitnehmermitte
5. Zufriedene Aufsteiger
6. Engagiertes Bürgertum
7. Kritische Bildungselite
8. Etablierte Leistungsträger

9. Leistungsindividualisten

Wohin gehört unser Gutmensch? In die 10. Kategorie, die das Institut nicht erfasst hat: in das der kritischen, engagierten Individualisten für das Gute. Wir händigen ihm das Diplom dafür aus.

Das gemeine Geschenk

++ Eine deutsche Flagge. Für den nachhaltigen Schock am besten gleich ein kleines Sortiment mit Aufnäher, Schlüsselanhänger, Schwarz-Rot-Gold-Gürtelschnalle und Flaggen-Postkarte. Für fünf Euro gibt es den unerlässlichen Wimpel fürs Auto, für sechs Euro die Polyestervariante fürs Fenster, selbstverständlich in wetterbeständigen Farben (waschbar bei 30 Grad) in der Größe 90 × 60 cm, «Bügeln bitte bei niedrigster Temperatur!». Für etwa zwanzig Euro gibt es eine zusammensteckbare Alu-Fahnenstange plus quadratmetergroßer Flagge mit weißem Besatzband und zwei hübschen Messingösen auf der Mastseite. Die Variante in 150 × 250 cm überreichen wir nur, wenn viele Leute zusehen, denn die kostet fünfundzwanzig Euro. Falls es sich um ein Paar handelt, foltern wir es mit schwarz-rot-goldener Bettwäsche «für den permanenten Orgasmus».

Böse Sprüche

«Leute, die Deutschland nicht mögen, gibt es zuhauf. In neun von zehn Fällen sind es Deutsche.» *Henryk Broder, Publizist*

«Kein Volk will so gerne ein anderes sein wie die Deutschen. Kein Volk feiert seine moralischen Niederlagen mit solcher Inbrunst.» *Alexander Schuller, Soziologe*

«Nachdem die Deutschen die Vergewaltiger der Welt waren, möchten sie jetzt gern deren Unschuldslämmer sein.» *Marcia Pally, Publizistin*

Jetzt werden wir selber gut!

Der Abschluss-Test

Na? Haben Sie schon wieder nicht jede Zeile in diesem Kapitel gelesen? Und meinen trotzdem, Sie wüssten Bescheid? Okay, dann bitte zum Test. So, wie Sie aussehen, könnten Sie ohne weiteres als Gutmensch durchgehen. Aber haben Sie die richtige Haltung? Beantworten Sie die folgenden Fragen nach bestem Wissen und Unwissen und rechnen Sie die Punkte ehrlich zusammen.

1. **Wie muss ein Negerkuss nach der neuen deutschen Sprachregelung heißen?**
   a) NegerInnenkuss (1 Punkt)
   b) Lippenorientierter Kontaktversuch eines dunkelhäutigen Afrikaners mit Migrationshintergrund (2 Punkte)
   c) Dickmadam (3 Punkte)

2. **Was empfinden Sie angesichts der neuesten Nachrichten?**
   a) Wut und Trauer (3)
   b) Abscheu und Empörung (2)
   c) Bestürzung und Betroffenheit (1)

3. **Anwohner wollen ein Straßenfest für die Völkerverständigung veranstalten.**
   a) Sie beteiligen sich mit einem Bettlaken, auf das Sie den Slogan «Frieden für alle» malen (2)
   b) Sie spendieren eine Kiste ungenießbaren Wein und verhalten sich neutral (3)
   c) Sie verreisen am entsprechenden Tag (1)

4. Wen kann man guten Gewissens mit Hitler vergleichen?

a) Bayerische und baden-württembergische Ministerpräsidenten (3)

b) Niemanden, denn der Mann war einmalig (1)

c) Meine Nachbarn (2)

5. Wie übersetzen Sie «Begegnung mit einem Zigeuner» in korrektes Deutsch?

a) Vorurteilsfreie Kontaktaufnahme mit einem Rom oder Sinto (2)

b) Signalisieren verständnisvoller Dialogbereitschaft gegenüber dem Mitglied einer mobilen ethnischen Minderheit (1)

c) Schokokuss (3)

6. Was könnten Sie und wir alle tun, um islamistische Attentäter friedlich zu stimmen?

a) Einen christlichen Feiertag durch einen muslimischen Feiertag ersetzen (1)

b) Schlechtbesuchte christliche Kirchen in Moscheen verwandeln (3)

c) Attraktive, jedoch wenigbesuchte Plätze zum Zünden von Bomben anbieten (2)

7. Ihre alte Schule soll endlich umbenannt werden. Welchen Namen soll sie bekommen?

a) Anne-Frank-Schule (1)

b) Geschwister-Scholl-Latour-Schule (2)

c) Schule zum Gedenken an die Opfer von Krieg und Gewaltherrschaft (3)

8. Was würden Sie tun, um einen Ehrenmord zu verhindern?

a) Mit allen Beteiligten in Ruhe darüber reden (2)

b) Die patriarchalische Gesellschaft von Grund auf umgestalten (3)

c) Lehrer in Neukölln werden (1)

9. Das Waschmittel «Persil» wurde auch während der Nazizeit benutzt. Was schließen Sie daraus?

a) Dass es allmählich Zeit für ein umfassendes Verbot ist (3)

b) Dass die umstrittenen Inhaltsstoffe komplett ausgetauscht werden müssen (2)

c) Dass zunächst alle betroffenen Opfergruppen angehört werden müssen (1)

10. Was sollte man auf keinen Fall antasten?

a) Den Sprengstoffgürtel eines Selbstmordattentäters (1)

b) Die parteipolitische Neutralität der Kirche (3)

c) Die Würde und das Leben eines jeden Menschen (2)

10–16 Punkte: Pech gehabt! Sie wollen nur ein guter Mensch sein, weil Sie ein schlechtes Gewissen haben. Tief in Ihnen wabert das Gefühl, Sie hätten Schuld. Woran genau, wissen Sie nicht. Aber es wird schon einen Grund haben! Seien Sie sicher: Die anderen wissen sehr genau, was mit Ihnen nicht stimmt. So etwas spürt man. Sogar jetzt, hier. Oh, oh, das fühlt sich schlimm an!

17–23 Punkte: Nein, die Punktzahl reicht nicht. Sie sind zu häufig gut gelaunt. Sie müssen etwas lesen, sehen oder hören, das Ihr Gewissen belastet. Trauen Sie sich zu, ein kleines Mahnmal zu basteln oder einen Aufkleber gegen den Hass zu entwerfen? Los, machen Sie mal was richtig Gutes, damit Sie unschuldig werden! Aber schicken Sie es auf keinen Fall an uns!

24–30 Punkte: Das ist ein ermutigendes Ergebnis. Sie brauchen nichts mehr zu tun. Ach, doch. Schön wäre es, wenn Sie einmal in aller Öffentlichkeit dokumentieren würden, dass Sie die Last der deutschen Geschichte annehmen, dass Sie aber ein neues Kapitel in dieser Geschichte zu schreiben gedenken. Dieses Bekenntnis fehlt uns noch von Ihnen. Wann dürfen wir damit rechnen?

Noch nicht gut genug? Allerletzte Tipps

Zum Judentum oder Islam konvertieren

Wenn gar nichts mehr hilft und niemand erkennt, wie gut und unschuldig ein Gutmensch ist, muss er womöglich den letzten Schritt wagen. Nicht den allerletzten – guter Selbstmord soll guten Selbstmordattentätern vorbehalten bleiben. Nein, ein zutiefst unschuldiger Mensch kann immer noch konvertieren. Wenn er zum Judentum übertritt, kann ihn wirklich niemand mehr für schuldig halten, jedenfalls nicht der Verbrechen am Judentum. Er ist dann auf der guten Seite. Er gehört endlich selbst zu den Opfern. Er darf sich gegen Antisemitismus empören.

Oder etwa nicht? Warum nur meint der Störenfried Henryk Broder, dass ein Übertritt zum Judentum bisweilen eine subtile Form des Antisemitismus sei? Na, dann Pech gehabt. Dann eben nicht. Dann bleibt immer noch der Islam. Ist vielleicht auch sicherer. Die Zahl der Deutschen, die zum Islam übergetreten sind, hat sich in den letzten Jahren vervierfacht. Pro Jahr sind es jetzt an die 5000, die damit ihre Unschuld an der Kriminalgeschichte des Christentums dokumentieren. Sie unterscheiden sich durch ihren Übertritt von der furchtsamen Restbevölkerung. Sie gehören ebenfalls zu den Opfern, und zwar der Diskriminierung.

Dass sie das Opfer eines Bombenattentats werden könnten, ist mit dem Übertritt zum Glück etwas weniger wahrscheinlich geworden. Da sie als Konvertiten ihre Rechtgläubigkeit unter Beweis stellen müssen, könnten sie, um vollends gut zu werden und zu überleben, auf Gotteskrieger wohltuenden Einfluss nehmen: Wenn sie nur darauf achten würden, dass nicht so viele Kinder in der Nähe sind. Lieber Gebrechliche und Alte, okay? – Das würden sie natürlich ein bisschen auch aus Rache tun und eigentlich nur dann, wenn partout niemand ihre Gutheit anerkennen will.

Sieben böse Geschichten für Unschulds-Gutmenschen

Die folgenden Geschichten sind dazu da, die Reinheit und Unschuld unserer liebsten Gutmenschen auf die Probe zu stellen. Es sind liebenswerte Weisheitsgeschichten. Wenn unsere Gutmenschen irritiert reagieren, muss etwas mit ihrem Gewissen nicht ganz in Ordnung sein.

Die drei Siebe

Altgriechische Legende

Einst, als der weise Sokrates am Fluss spazieren ging, kam ein Schüler zu ihm gelaufen und rief: «Höre, Sokrates, das muss ich dir erzählen!»

«Halte ein!», unterbrach ihn der Weise. «Hast du das, was du mir sagen willst, durch die drei Siebe gesiebt?»

«Drei Siebe?», fragte der andere ungeduldig. «Was soll das denn sein?»

«Ja, guter Freund! Lass sehen, ob das, was du mir sagen willst, durch die drei Siebe hindurchgeht: Das erste ist das Sieb der Wahrheit. Hast du alles, was du mir erzählen willst, geprüft, ob es wahr ist?»

«Da muss ich nicht lange prüfen», sprach der Schüler ungeduldig. «Ich will dir ja sagen, dass …»

«Halt!», gebot der Weise. «Und hast du es auch im zweiten Sieb geprüft? Das ist das Sieb der Güte. Ist das, was du mir erzählen willst, gut?»

«Nein, es ist schlecht! Aber Hauptsache, du hörst es dir mal an!»

«Gemach», lächelte der Weise. «Lass uns noch das dritte Sieb anwenden. Das Sieb der Notwendigkeit. Ist es notwendig, dass du mir davon erzählst?»

«Für mich nicht», erklärte der Schüler.

«Nun», sprach der Weise gütig, «dann lass ab von der Geschichte und belaste weder dich noch mich damit.»

«Mich belastet die Sache sowieso nicht. Es geht nur darum, dass dein Haus in Flammen steht. Aber mittlerweile kannst du die Asche vermutlich durch drei Siebe sieben.»

Jeder Tag ist ein besonderer Anlass

Ökumenischer Predigttext

Ich werde nie diesen Tag vergessen. Mein bester Freund stand versunken vor dem Kleiderschrank seiner Frau. Vorsichtig öffnete er die unterste Schublade. Unter sorgsam gefalteten Tüchern brachte er ein Päckchen zum Vorschein. Eine Schachtel in Geschenkpapier mit Schleifchen.

«Das ist nicht irgendeine Schachtel», sagte er. Er lockerte die Schleifen, löste das Geschenkpapier, strich es glatt und öffnete den Deckel. Die Schachtel enthielt feinste Dessous, seidene Spitzenunterwäsche seiner Frau. «Die hat sie gekauft, als wir in Paris waren. Zehn Jahre ist das jetzt her. Sie hat sie nie getragen. Sie wollte sie aufbewahren für einen ganz besonderen Anlass, für einen speziellen Tag. Nun, ich glaube, der Tag ist jetzt da.»

Er ging zu dem verlassenen Bett und legte die Dessous zu den anderen Kleidungsstücken, die vom Bestattungsinstitut abgeholt werden sollten. Denn seine Frau war am Tag zuvor gestorben. Als er sich wieder zu mir wandte, sagte er: «Dietmar, bewahre nichts für einen besonderen Anlass auf! Jeder Tag, den du lebst, ist ein besonderer Anlass!»

Ich habe diese Worte nie vergessen. Und ich bin meinem Freund unendlich dankbar dafür. Seine Worte haben mein Leben verändert. Seither ist jeder Tag für mich ein besonderer Anlass. Jeder Tag ist eine Feier. Es gibt keinen Grund, etwas aufzuschieben. Schon gar nicht das, was man am liebsten tun möchte!

Ich sehe jetzt zum Beispiel mehr fern und räume weniger auf. Ich setze mich auf die Terrasse und trinke Wein, ohne mich am wuchernden Unkraut im Garten zu stören. Ich verbringe weniger Zeit mit meiner Familie und mehr mit meinem Computer. Ich habe begriffen, dass wir im Leben nichts für eine besondere Gelegenheit aufbewahren müssen. Den Kuchen, den meine Frau für unsere Freunde backt, esse ich jetzt lieber selbst. Und ich warte auch nicht mehr wie früher bis Weihnachten, um mich mit meiner Schwiegermutter zu streiten.

Statt gutes Geld mit dem Bezahlen von Rechnungen zu verschwenden, gebe ich es lieber zu meinem Vergnügen aus. Und meiner Tochter habe ich gesagt, sie müsse nicht auf einen besonderen Mann warten. Überhaupt müsse sie sich in keiner Weise aufsparen – so wie die Frau meines Freundes, die mit ihrer Jungfernschaft ins Grab gesunken ist. Wie er mir kürzlich sagte, habe er nur mit ihrer Unterwäsche noch ein wenig Spaß gehabt.

Ich glaube, uns allen sollte diese schöne Geschichte zu denken geben.

Vom Wert der Niederlage

Amerikanische Weisheitsgeschichte

Der Erfolg des Guten hat seinen Preis. Und das ist richtig so. Glaube an deine Kraft und an das gute Ziel, das du vor Augen hast. Sei bereit, auch Niederlagen einzustecken. Gerade, wenn du einen Misserfolg verbucht hast, ist deine Chance auf Erfolg am größten! Und je mehr Niederlagen du eingesteckt hast, desto rascher kommt der nächste Erfolg. Mich hat die folgende Geschichte endloser Misserfolge tief beeindruckt. Sie spielt in Amerika.

Ein junger Mann ließ sich dort als Kandidat für die Regierung von Illinois aufstellen. Bei den Wahlen fiel er kläglich durch. Er wandte sich dem Geschäftsleben zu – machte Pleite und musste siebzehn Jahre lang die Schulden seines unfähigen Teilhabers abzahlen. Er verliebte sich in ein junges Mädchen, verlobte sich mit ihm – und es starb. Er kehrte in die Politik zurück, ließ sich als Kongresskandidat aufstellen – und wurde geschlagen. Er versuchte, beim Finanzamt eine Stelle zu erhalten – erfolglos. Er wurde Kandidat für den Senat – und wurde geschlagen.

Eine Niederlage nach der anderen. Schwere Niederlagen. Doch unerschütterlich ging der Mann seinen Weg, und er wurde einer der berühmtesten Persönlichkeiten der Geschichte. Vielleicht hast du seinen Namen schon gehört? Er hieß Abraham Lincoln.

Übrigens nahm er gern ein Bad in der Menge. Auf dem Gipfel des Erfolges wurde er bei so einer Gelegenheit erschossen. Einerseits schade. Andererseits ist er gerade dadurch berühmt geworden. «Der Erfolg des Guten», erklärte seine dankbare Witwe, «hat einfach seinen Preis!»

Friedrich der Große und der Lausitzer Bauer

Preußische Glücksgeschichte

Am Rande des preußischen Reiches, in der Lausitz, besaß ein Bauer ein herrliches Pferd. Friedrich der Große, der preußische König, hörte davon und besuchte den Bauern. «Das ist das prächtigste Pferd, das ich je gesehen habe», sagte er. «Ich gebe dir hundert Goldstücke dafür!» – «Nein, danke», sagte der Bauer. «Ich möchte es nicht verkaufen.» – «Fünfhundert Goldstücke?», fragte Friedrich der Große. «Tausend?» – «Nein», sagte der Lausitzer Bauer. «Ich möchte es behalten.»

Der König reiste wieder ab. Die Leute im Dorf schüttelten den Kopf. Eine Woche später war das Pferd verschwunden. Es war einfach ausgerissen. «Du unglückseliger Mann!», riefen die Leute aus dem Dorf. «Eben hättest du tausend Goldstücke haben und eine ganze Herde Pferde kaufen können! Jetzt hast du gar keins mehr. Was für ein Unglück!» – «Ob das ein Unglück ist oder ein Glück, wer weiß das jetzt schon?», sagte der Bauer. «Es ist, wie es ist.»

Wieder eine Woche später war das Pferd wieder da. Aber nicht allein – es hatte eine ganze Herde Wildpferde mitgebracht. «Was für ein gesegneter Mann du bist!», riefen die Leute im Dorf. «Das Schicksal meint es gut mit dir! Sieh doch, was für ein Glück du hast!» – «Ob das ein Glück oder Unglück ist», sagte der Bauer, «wer weiß das jetzt schon?»

Sein Sohn musste die Pferde zureiten. Das ging auch gut – bis ein wilder Rappe ihn abwarf. Der Sohn brach sich das Bein. «Du bemitleidenswerter Mann!», riefen die Leute. «Dein einziger Sohn ist ein Krüppel. Was für ein Unglück du hast!» – «Ob das ein Unglück ist oder ein Glück», sagte der Bauer. «Wer weiß das jetzt schon? Es ist, wie es ist.»

Krieg brach aus gegen Österreich. Friedrich der Große brauchte Soldaten. Jeder Sohn des Dorfes in der Lausitz wurde eingezogen.

Nur der Sohn des Bauern nicht. Der hatte ja ein gebrochenes Bein. «Du beneidenswerter Mann!», riefen die Leute. «Als Einziger behältst du deinen Sohn! Was für ein Glück du hast!» – «Ob das ein Glück oder Unglück ist», sagte der Bauer, «wer weiß das jetzt schon? Es ist, wie es ist.»

Friedrich der Große gewann den Krieg. Die Söhne kehrten mit Schätzen heim. «Armer Mann!», riefen die Leute im Dorf. «Du gehst leer aus! Was für ein Unglück für dich!» Der Bauer sagte: «Glück oder Unglück, wer weiß? Es ist, wie es ist.»

Ein Bote kam. Denn die Söhne des Dorfes hatten im Feld von dem weisen Bauern erzählt. Nun wurde er nach Berlin berufen: als Berater Friedrichs des Großen. «Glücklicher, auserwählter Mann!», riefen die Leute im Dorf. «Der König ruft dich!»

Der Bauer zog an den Hof nach Potsdam. Ob das ein Glück oder Unglück war? Nun, dort stellte sich rasch heraus, dass der Bauer nur zwei Sätze beherrschte: «Ob das ein Unglück ist oder ein Glück, wer weiß das jetzt schon?» Und: «Es ist, wie es ist.»

Weil er diese Phrase unablässig wiederholte, waren die Nerven am preußischen Hof bald überstrapaziert, und Friedrich der Große ließ ihn köpfen. Das wurde allgemein als große Erleichterung empfunden. Und nun war es wirklich ein Glück.

Spuren im Sand

Aus Neuseeland

Eine fromme, arme Frau hatte eines Nachts einen Traum. Sie träumte, sie ginge am Strand spazieren. Und während sie durch den Sand ging und das Meer rauschte, sah sie die Szenen ihres Lebens vorbeiziehen. Ja, es schien ihr, als durchschritte sie noch einmal ihr ganzes Dasein.

Und als sie nun zurückblickte, da sah sie zwei Spuren im Sand: Die eine war ihre eigene Spur, und die andere? War das womöglich die

Spur des Schutzengels, der sie begleitet hatte? Die Frau sah genauer hin: Nanu! Da waren ja nicht immer zwei Spuren! Manchmal hatte sich nur eine einzige Spur in den Sand gedrückt! Und ihr fiel auf, dass dies stets zu Zeiten von Angst und Verzweiflung in ihrem Leben so war.

Nun rief sie ihren Schutzengel herbei und fragte: «Du, mein Schutzengel, ich sehe gerade, dass in den trübsinnigsten Zeiten nur eine einzige Fußspur zu sehen ist! Als mein Schutzengel hättest du aber stets bei mir sein sollen! Warum hast du mich alleingelassen, wenn ich dich am nötigsten brauchte!»

Da antwortete ihr der Engel: «Du warst nie völlig allein. Wenn du nur eine Spur im Sand siehst, dann deshalb, weil du in dieser Zeit getragen wurdest!»

«Oh, danke!», hauchte die Frau beschämt.

«Danke nicht mir», sprach der Engel. «Denn in den düsteren Zeiten hat dich ein Kräftigerer getragen als ich. Der, der dich auch in diesem Augenblick in seinen Armen hält: der Teufel. Er nimmt dich mit in seine Heimat. Von mir alles Gute für deinen weiteren Weg, und toi, toi, toi!»

Der Professor und der Mönch

Chinesisches Gleichnis

Ein Professor wanderte weit in die Berge, um einen berühmten Zen-Mönch zu besuchen. Als er ihn gefunden hatte, stellte er sich höflich vor, nannte seine akademischen Titel und bat um Belehrung.

«Möchten Sie Tee?», fragte der Mönch.

«Sehr gern», sagte der Professor.

Der alte Mönch schenkte Tee ein. Die Tasse war voll, doch der Mönch schenkte immer weiter ein, bis der Tee überfloss und über den Tisch auf den Boden tropfte.

«Genug!», rief der Professor. «Sehen Sie denn nicht, dass die Tasse voll ist? Es geht nichts mehr hinein!»

«Genau wie diese Tasse», erklärte der Mönch lächelnd, «sind auch Sie voll von Ihrem Wissen und Ihren Vorstellungen. Um Neues zu lernen, müssen Sie erst Ihre Tasse leeren.»

«Gern, bitte sehr», antwortete der Professor und schüttete dem Mönch den Tee ins Gesicht.

«Donnerwetter», murmelte der Mönch. «Sie sind erleuchtet.»

Desodorata [1]

Aus der alten St.-Pauls-Kirche in Baskerville von 1692

Gehe deinen Weg ruhig in Lärm und Hektik dieser Zeit und behalte im Sinn den Frieden, der in der Stille wohnt. Schaue gelassen zu, wie andere straucheln und in die Irre gehen. Vielleicht vermagst du ihnen einen Stoß zu geben. Wenn dich jemand nach dem Weg fragt, weise ihn in die entgegengesetzte Richtung, auf dass er die Gegend gründlicher kennenlerne. Lege ihm ein paar Steine in den Weg; vielleicht mag er sich daraus etwas bauen. Und sei stets eingedenk: Es mag anstrengend sein, jemand anderem eine Grube zu graben, doch es zahlt sich fast immer aus. Schadenfreude ist eine unerschöpfliche Quelle der Kraft und Gelassenheit.

Sei vorsichtig in deinen Geschäften, denn die Welt ist voller List und Tücke. Das, was du sagst, sollte nicht viel mit dem zu tun haben, was du meinst. Bleibe dir bewusst, dass wichtige Angelegenheiten sich von selbst erledigen, wenn du sie lange genug aufschiebst. Erfreue dich am Missgeschick deiner Freunde, aber erkläre ihnen auch, was sie hätten besser tun können, auf dass sie sehen können: Du hast recht gehabt.

Erbitte von Gott die Kraft, die Dinge zu ignorieren, die du ändern sollst. Wenn andere für dich arbeiten, lobe sie nicht, denn Lob macht schlechte Menschen noch schlechter und gute unerträglich. Kritik jedoch übe freigebig; man wird dir danken. Aber teile in kleinen Portionen aus. Denn hundert kleine Nadelstiche bringen dir tausendmal mehr Freude als ein großer. Sei dir bewusst, dass man mit jedem Menschen reden kann. Die Kunst besteht darin, es zu vermeiden.

Sei stets du selbst und wisse: Wer seinen Nächsten liebt, kommt

1 Die Lieblingsgeschichte aller Gutmenschen ist über die Jahre durch Übersetzungen und Umschreibungen verfälscht worden. Hier endlich wieder das Original.

beim Übernächsten schon ans Ende. Um mit anderen in Harmonie zu leben, musst du sehr weit weg von ihnen wohnen. Fürchte nicht die Einsamkeit, vielmehr musst du fürchten, dass jemand zu Besuch kommt. Verhalte dich immer so, dass Gäste nicht lange bleiben. Die Kunst der Gastfreundschaft besteht darin, die Besucher zum Aufbruch zu bewegen.

Stärke die Kraft deines Geistes, indem du dich an der Natur erfreust. Bäume und Blumen sprechen zu dir, viel zu sagen allerdings haben sie nicht. Vergiss nie, auf Umweltprobleme aufmerksam zu machen, indem du ein wenig Abfall in die Natur streust. Wenn du Bäume pflegen willst, säge stets nur Äste ab, auf denen andere sitzen. Und merke dir: Unkrautsamen fallen in Nachbars Garten auf den fruchtbarsten Boden. Blumen jedoch machen am meisten Freude, wenn du sie auf jemandes Sarg legst.

Sei dankbar für jedes Jahr, das du erleben darfst, und freue dich ehrlich, wenn deine Feinde dahinsiechen. Sei stets bereit für den Augenblick, da eine Erbschaft in dein Leben tritt, und hilf behutsam nach, wenn du sonst allzu lange warten musst.

Die Welt ist immer noch schön. Versuche, auf ihr zu leben und glücklich zu werden. Stehe der Eigenliebe nicht zynisch gegenüber, sie ist das Einzige, was unvergänglich ist. Nur wenn du gescholten werden willst, heirate; nur wenn du gelobt werden willst, stirb.